「……十色、愛してるぞ」

「え──」

目の前で、十色の顔が
またしてもぶわっと赤くなった。

ねぇ、もういっそつき合っちゃう？

幼馴染の美少女に頼まれて、カモフラ彼氏はじめました

来海十色《くるみといろ》
実はオタクなカーストトップ女子。
正市とは偽装カップルだが、
本物の恋人ムーブと称して
打ち合わせなしの
イチャイチャに挑戦中。
真園正市《まぞのまさいち》
リアルは充電系なオタク男子。
幼馴染の美少女・十色に頼まれ
カモフラ彼氏になるが、
突如積極的になった十色に
困惑中。

兎山まゆ子
うやままゆこ
人の恋バナが大好物な
占い大好き元気っ娘。
今は猿賀谷と自分のことで
頭がいっぱい。
猿賀谷三太
さるがやさんた
同じ中学出身の正市の友達。
普段はチャラついた様子を見せるが、
まゆ子には調子が
狂い気味。

「いいんだよ、
Tシャツくらいのラフさが。
正市はそれでいいの。
わたしの方が、張り切っただけ」
彼女だからね――

ねぇ、もういっそつき合っちゃう？3

幼馴染の美少女に頼まれて、カモフラ彼氏はじめました

叶田キズ

HJ文庫
1023

口絵・本文イラスト　塩かずのこ

contents

ne,mouisso tsukiattyau?
osananajimi no bisyoujo ni
tanomarete,kamohurakareshi
hajimemashita

〈1〉恋人ムーブゲームはHPを消費する　005

〈2〉天気は快晴、脅迫日和　026

〈3〉二組の仮初　054

〈4〉今週の日曜日、
オレとデートしてほしいんだ！　069

〈5〉咄嗟の恋人ムーブ、
まゆ子には効果抜群だ！　084

〈6〉雪山理論　144

〈7〉まさかのバトル展開！　180

〈8〉思い出はエモーショナル　224

〈9〉続・本物の恋人ムーブ　242

〈10〉好きの話　274

〈1〉恋人ムーブゲームはＨＰを消費する

それはとある日の放課後の帰り道、俺《おれ》の何気ない一言から始まった。

「結構さ、恋人ムーブってやり尽《つ》くした感あるよな」

「なぬっ」

隣《となり》を歩いていた十色《といろ》が、がばっとこちらに顔を向けてくる。

一〇月になり、今日から長袖《ながそで》のブラウスの上に学校指定のスクールベストを身に着けている。日中はまだまだ暑さが続いているが、夕方のこの時間になると少しだけ涼《すず》しい風が吹《ふ》くようになってきた。

「だって、今も普通《ふつう》に歩いて帰ってたし。前はイヤホンがーとか、あだ名がーとか言ってたけど。……や、別にいいんだけどな。ふと思っただけで」

俺がそう言うと、十色は「むー」と唇《くちびる》を尖《とが》らせる。

かと思ったら、はっと何かに気づいた顔をして、

「まだまだあるよ！　恋人ムーブ」

そんなことを言いだした。

「あ、あるのか?」

「もちろん! 正市《まさいち》とやること、まだたくさんあるんだから」

どうやらストックがあるらしい。まぁ、それならそれでよかったのだが――、

「もう家に着くから、今日は部屋でとことん恋人ムーブね! 恋人ムーブでムーブメントを起こすんだよ!」

なんだろう。どうも十色に変な火が点《つ》いてしまったらしい。

部屋でやる恋人ムーブっていったい……。

ふんふんと鼻息荒《あら》く早足になった十色。そんな彼女《かのじょ》の背中を、俺は急いで追いかけるのだった。

*

部屋に入るといつも真っ先にベッドにダイブする十色が、今日は珍《めずら》しく床《ゆか》で正座をしていた。

俺もそれに合わせて腰《こし》を下ろし、今は二人向かい合う形になっている。

ふぅと小さく息をつき、十色が口を開いた。

「さて、始めますか」

「改まって何を……」

「いいかい正市、今からキミに教えてあげよう。恋人ムーブに限界はないってことをね」

ふふふ、とどこか不敵な笑《え》みを浮《う》かべながら、十色は鞄《かばん》からスマホを取り出す。ちらと画面を見ると、どうやらメモ帳アプリを開いているようだ。「えーと……」と小さい声で確認《かくにん》をしている。

そこにストックしてるのか、恋人ムーブ……。

「というか、部屋の中で恋人ムーブしても意味ないだろ。誰《だれ》も見てないし……」

「ノンノン、そんなことないよ。これは練習です。いつ、外で恋人ムーブを求められても対応できるように、カリソマの恋人たちは訓練を欠かせないのです」

「仮初《かりそめ》をカリスマみたいに言うな」

俺がツッコむと、十色はうははと楽しげに笑う。

「よし。それじゃあ、第一ムーブを発表します」

「第一って、第何まであるんだよ……」

「恋人たちの行動なんて無限大だよ。じゃあ、最初の種目は――」

十色がスマホから顔を上げ、俺を見ながらお題を発表する。

「『愛してるゲーム』。これだよ！」

「愛してる、ゲーム？」

恋人ムーブなのに、ゲーム……？

俺は首を横に捻《ひね》った。

「そう。知らない？　ちょっと前に流行《はや》ったんだけどね」

「名前からして俺には縁《えん》がなさそうだろ？」

「あー………。じゃあ、ルール説明をします！」

おい、なんかコメントしろよ。別にぼっちなことは気にしてないから。というか、その辺の事情はよくわかってるだろ十色さん。

「まず、どちらか一方が相手に、『愛してる』と言います。言われた方はそれに、『もう一回』と返します。『愛してる』『もう一回』。それを繰《く》り返して、照れた方が負けです。シンプル明快でしょ？　このルールがもうそのまま恋人ムーブだよね」

「なるほど、一応わかったが……」

愛してる、と相手に向かって言い続けるのか。ゲームとわかっていても、照れてしまうものなのだろうか。

「どっちが攻《せ》めだ？」

「攻めっていうと、『愛してる』側だね。正市はどっちがいい？　選んでいいよ」

「……守り側で」

もう一回、と無心で言い続けるだけでいいのだ。おそらく守り側が有利だろうと俺は判断した。

ゲームというのなら、もちろん勝ちに行かないとだからな。

「それじゃあ、いくよ？　わたしの愛を受け止めてね！」

十色はそう言うと、ふるふると首を振《ふ》り、改まったように真面目《まじめ》な顔になった。俺はこくりと唾《つば》を飲む。

十色がすぅっと息を吸い、

「愛してる！」

ばっちりとキメ顔で言ってきた。

口角が不自然に横に広がった、作り笑顔《えがお》だ。

「もう一回」

俺が返すと、十色は横を向きながらもう一度息を継《つ》ぎ、

「愛してる！」

次はセリフと同時にバッとこちらに顔を向けつつ、ばっちりウインク。

「も、もう一回」

今度は両手の指をくっつけてハートマークを作り、それを俺に向けて押《お》し出してきた。

「ふぅー……。愛してるっ！」

「も、も、もう一回――って、お前さっきから俺を笑わせにきてないか？」

「わ、笑わせにいってなんかないよ⁉　本気なのに！」

「嘘《うそ》だろ！　その顔とか仕草とか、わざとらしすぎるぞ！」

「あー、さては正市、わざと中断して照れてるのを誤魔化《ごまか》してるんだな」

いやまず照れる以前に、ウインクを飛ばしハートを押しつけてくるムーブに笑いを堪《こら》えるのに必死だった。レギュレーション的に、これはいいのか？

しかし、わざと中断しているととられるのも不本意だ。俺は小さく息をつくと、改めて姿勢を正し十色の方を見た。十色も「こほん」と咳払《せきばら》いをして背筋を伸《の》ばし、俺の方に顔を上げる。

そこで、このゲームが始まって初めて、俺たちはしっかりとお互《たが》いの顔を見た。

ばっちりと、目があった。

「あ……」

十色が僅《わず》かな声を漏《も》らしたのが聞こえた。それからしばし見つめ合ったまま……、

「は、始めないのか？」

十色は膝《ひざ》の上できゅっと拳《こぶし》を握《にぎ》り、唇を動かす。

「──愛してる」

「もう一回」

「あ、愛してる」

「もう一回」

「あ、ああ、愛してる」

……照れただろ。

目を合わせながらこのやり取りは、正直俺もめちゃめちゃ恥《は》ずかしい。ただし、正面に座《すわ》る十色の顔の方が、目に見えてみるみる赤く染まってきていた。

「照れてるんじゃないか？」

俺が指摘《してき》すると、十色は「あー」と顔を手で覆《おお》った。

「な、なんかさ、普段《ふだん》こんな真剣《しんけん》に見つめ合うことってないじゃん。恥ずいっていうか、なんか変な感じっていうか。だから照れたとかそういうんじゃないよ違《ちが》うんだよ」

「……もう一回」

「あっ、愛してう」

「今噛《か》んだだろ！　めちゃめちゃ動揺《どうよう》してるじゃねぇか。もう照れたってことで認めろよ！」

俺のセリフに、十色は「うー」と悔《くや》しそうな声を漏らす。

「じゃあさ、正市が攻め側やってみてよ」

「俺がか？」

「多分これ、攻め側が不利な気がする」

そう主張し、十色は再び真《ま》っ直《す》ぐ俺の方を見てきた。

もし先攻後攻《せんこうこうこう》に有利不利があるのだとしたら、その一回で勝敗が決まるのは納得《なっとく》がいかないかもしれない。仕方なく、俺もまた十色と向き合う。

あんまり意識するな。変に気負うからダメなんだ。心頭滅却《しんとうめっきゃく》。さり気ない感じで。

とにかくそんな考えで頭を満たしながら、俺はなるべくさらっと口にした。

「……十色、愛してるぞ」

「え――」

目の前で、十色の顔がまたしてもぶわっと赤くなった。

「え、え、待って、なんで名前入り？」

「あ、いや、自然体を意識したらつい」

「ちょ、ズルいよ。アレンジは！」

「照れたな。俺の勝ちだな」

「待って違うよ、今のはびっくりしただけ」

「いや、照れたぞ。びっくりしても顔は赤くならない」

ぶーぶー言い訳を並べる十色を、俺は「はいはい」と受け流す。

これ以上勝負が長引くのは避《さ》けたい。

俺自身も、顔の奥《おく》がじんわり熱くなってきているのを自覚していたからだ。

こうして愛してるゲームは、なんとか俺の勝利となった。

＊

時刻は午後五時にさしかかろうかというところだった。

「よし、次のムーブにいこっか」

「第一ムーブですでに謎《なぞ》の疲労《ひろう》感があるんだが……」

十色は先程《さきほど》と同じようにスマホのメモ帳をチェックしていた。すぐに次のゲームが決まったらしく、顔を上げる。

「次はね、定番、『ポッキーゲーム』。これに決めた！」

「ポッキーゲームだと……」

「あ……これも知らなかった？」

「おいおい、バカにするな。さすがにこっちは知ってるぞ」

知ってるからこそ、恐怖《きょうふ》しているのだ。

十色の奴《やつ》、また精神的に疲《つか》れそうなものを。

というか、また「ゲーム」なのか……。

「これもTHEカップルって感じでしょ？　ルールは愛してるゲームと同じで、照れたら負けね。逃《に》げてもダメだし、びびってポッキー折っちゃっても負け」

「それはわかったが……ポッキーあるのか？」

「もちろん」

十色はにやりと笑い、脇《わき》に置いていた鞄から蓋《ふた》の空いたポッキーの箱を出してくる。学校の休み時間にでも食べていたらしい。流石《さすが》お菓子《かし》好きだ……。

ポッキーを一本取り出すと、十色はそれを振りながら俺に向けてくる。

「じゃあ、じゃんけんしよっか」

「じゃんけん？」

俺は首を傾《かし》げる。じゃんけんで何を決めるんだ？

「ポッキーゲームに先攻後攻とか攻め守りとかあったっけ？」

「何言ってんの。どっちがチョコ側取るかに決まってるじゃん」

「お、おう、なるほど……」

そんなこと考えてすらいなかった。……うん、どっちでもいいな。

「譲《ゆず》るぞ、チョコ側」

「なっ、正市、チョコを食べたくないというの？」

「ああ、まぁ。多分、チョコついてない側の方が咥《くわ》えやすそうだし」

「くっ、舐《な》められたもんだね。あの薄《うす》いチョコのコーティング部分が最高においしいというのに……。ポッキーの屈辱《くつじょく》は絶対にわたしが晴らしてやる」

「おー、なんか趣旨《しゅし》変わってきてるぞ」

勘違《かんちが》いしないでほしい。ポッキーのおいしさは俺だって重々承知している。ただまぁ、ポッキーゲーム中にそれを味わう余裕《よゆう》は多分俺にはない。

「じゃあ、いざ尋常《じんじょう》に」

そう言って、十色がポッキーのチョコ側を咥える。正座の格好で、俺の方に、「ん」と反対側の先端《せんたん》を持ち上げてきた。

俺は軽く深呼吸をし、慎重《しんちょう》にその先端に口をつける。咥えた瞬間《しゅんかん》、力が入りすぎてしまって細いポッキーに震《ふる》えが走り、びくりとする。

「ひゃあ、ひくよ?」

さぁいくよ、と言ったのだろう。ポッキーを咥えながらの十色の合図に、俺は目で頷《うなず》いてみせる。

「よーひ、ろん」

そして、勝負が始まった。

初手、俺は一気に三センチほど食べ進めた。まずは思いっきり攻めて、プレッシャーを与《あた》える作戦だった。

しかし、考えは同じか、十色もそのくらいの長さを一気に齧《かじ》り取ってきた。二人の顔の距離《きょり》がぐんと近づく。彼女の大きな瞳《ひとみ》と間近で目が合って、俺は思わず視線を横に逸《そ》らした。

——やばい、照れたら負けだぞ!

慌《あわ》てて前を見ると、十色の視線も横から戻《もど》ってくるところだった。同じように照れていたのだろうか。わからない。

　再び目が合う。

　もう視線は逸らさない。そう思う俺の前で、彼女の瞳がふっと不敵に細められた。

「ふふうひゃおもひろくないはらは、ひょっとふふひかふいていくらけらし。ふはりほもめをふむらない？」

　――なんだって。

　普通じゃ面白《おもしろ》くないからさ、ちょっとずつ近づいていくだけだし。二人とも目を瞑《つぶ》らない――だと？

　ここにきてさらに難易度を上げてくるとは。事故が起きるぞ。そう俺が主張しようとするも、

「まはいひ、ほれもほいひとふーふらよ」

　そう言って、十色は先に目を閉じてしまう。

　正市、これも恋人ムーブだよ――だと？

　ていうかなんで俺、さっきから聞き取れるんだよ！

　もちろん、ぐにゃぐにゃとした言葉にならない音しか耳には聞こえてこないのだが……

　つき合いが長いからだろうか、なんとなく十色が今言っているだろうことがわかってしま

うのだ。

瞼《まぶた》を閉じ、唇をちょんと出してポッキーを咥えた十色。ぽうっと中で灯《あか》りがともったように頬《ほお》が赤らんでいる。そっちも恥ずかしいんじゃないのか……？

「ほ、ほーはってもひらはいはらな」

どうなっても知らないからな、という俺の言葉に、十色がぴくりと眉《まゆ》を動かしてから、小さく頷いた。

仕方なく俺が目を閉じ、ゲームが再開となる。するとすぐに、ポッキーに連続した振動《しんどう》が走った。十色が食べ進めているのだ。

——い、今の結構進んだよな。ど、どれくらい近づいた？

そう考えている間にも、またポッキーに力が加わる。怒涛《どとう》の攻めといった感じだ。気のせいか、十色の少しだけ荒くなった鼻息がこちらの顔に当たった気がした。

ぞわりとした感覚が背筋を渡《わた》り、心臓がドクドクと大きく脈を打った。

目を瞑る前、最後に見た、ポッキーを咥えた十色のキス顔のような表情が脳裏《のうり》に蘇《よみがえ》る。

——この顔が今、目の前に……？

思っている間にも、十色が食べ進めてくるのがわかる。俺は身動きできずに固まっていた。

やばい、ドキドキしてしまっている。

照れてるのがバレたら、負けだ。

かと言って、ここまできたらこちらが攻めることはできそうになくて――。

俺はふと考える。

ポッキーゲームは照れたら負け。それを前提に、そんな終わりを想像して、俺はこのゲームを始めていたが……。

もし、お互い照れることがなかったらどうなる？

例えば本物のカップルがこのゲームをやったら、照れて中断なんてパターンの方が珍しいのではないか……？

また細いポッキーから力が伝わってくる。今度は間違《まちが》いなく十色の吐息《といき》が顔にかかり、
俺は思わず目を開けてしまった。

「――っつ」

ギリギリだった。

鼻先が触《ふ》れ合うまであとほんの僅か。

ポキッと、俺は咄嗟《とっさ》にポッキーを噛み切ってしまった。

十色がぱちっと目を開けて、俺の顔を見てにやっと笑う。

「今、正市がポッキー折ったよね。わたしの勝ちだ！」

早くなった鼓動《こどう》が落ち着くまで、俺の口には味のしないポッキーのクッキー部分が残っていた。

☆

——ふふふ、これは作戦勝ちだったな。

正市はゲームのあと、ポッキーを咥えたままどこか呆然《ぼうぜん》としているようだった。そんな彼《かれ》の前で、わたしは内心でドヤ顔をする。

お互い目を瞑り、あえて難易度を上げていく。そこがわたしの作戦だった。それから捨て身で攻撃《こうげき》をしかけていく。その条件であれば、攻撃の末にキスしてしまっても、それは事故だ。

目を開けていては、できない技である。

それに、もしうっかり事故でキスしちゃっても、それはそれで——。

そこまで考えたところで、わたしはふるふると首を振る。

ダメだダメだ、浮かれてる。

何を調子に乗ってるんだ。ほんとにつき合ってるわけじゃないのに――。

そもそも、今の顔の距離だけでも、めちゃめちゃ恥ずかしかったではないか。

熱くなった頬にぺたぺたと両手を当てながら、わたしがそう一人わちゃわちゃ考えていると、正市がハッとしたかのように我に返り動き始めた。短いポッキーをすぐに飲みこんで、口を開く。

「……ポッキーゲームは俺の負けか」

「あ、うん、わたしの勝ちだよ。ふっふっふ、圧勝だったね」

「くっ、やはりゲームとなると負けると悔しいな」

なんとも正市らしいセリフである。もしかしたら次やったときの必勝法を考えだしたりしてるのかも。

てか、恋人ムーブのつもりが、いつの間にか幼馴染《おさななじみ》ムーブみたいな勝負になっちゃってるんだけど――。

正市と部屋でやってみたい恋人たちの遊びがあったから、これをチャンスにと持ちかけてみたのだが……。

正市はふぅと息をつき、床に座ったままベッドにもたれかかる。

「しかし、謎に疲労感がすごいな。恋人ムーブゲーム三戦目まで、ちょっと休憩《きゅうけい》しないか？」

「あー、そうだね、もう結構いい時間になっちゃったし、遊ぶ時間なくなっちゃうね。三つ目は後日に持ち越《こ》しにしよっか」

もー、正市は。せっかくの恋人ムーブを、恋人ムーブゲームって……。

そう思いながらも、わたしも正市の意見に賛成する。

「そうしよう！　今日はもともと、新しく買ったゲームをやりたいって話だっただろ」

がばっと身体を起こし、正市は二人でゲームをする準備を始める。

正市が提案してくれたけど、わたしも実は、次の恋人ムーブまで時間を空けたいと思っていた。

さっきからなんだか身体の底がぼーっと熱を持っていて、このまま続けたら心がふわふわ、気球みたいに飛んでいってしまいそう。

わたしは正市から見えないところで、そっと両手で頬を覆う。やばい、顔もめちゃめちゃ熱い。

こうも相手を意識しちゃうのは、気づいてしまったからだ。本物になりたいと思ってしまったからだ――。

「何してるんだ？　準備できたぞ」

そんな声が耳に飛びこんできて、わたしはぱっと顔から手を離《はな》す。

正市はまたベッドにもたれる形で座っていて、わたしの方を見ながらぽんぽんと横に置いてあるクッションを叩《たた》いてみせてくる。

そういえば、ずっと正座したままだった。

わたしは正市の隣に移動して、クッションの上に腰を下ろす。

「………」

いつもと同じ、少しでも動けば正市と肩《かた》が触れ合う位置。だけど今日は、いつもと違って妙《みょう》にドキドキしてしまっている。

ほんとはつき合ってはいないけど、ほんとにつき合っているみたいな距離感だ。

それがわたしたちの、特別な関係。

正市が姿勢を直すために身動きをし、あっさりと身体が当たってしまう。

「あっ……」

「ん？　どうした？」

「や、ごめん、なんでもない！　ささささ、ゲーム、始めちゃおうぜ！」

慌てて変に明るいセリフになってしまった。正市も一瞬《いっしゅん》「ん？」って顔したけど、すぐにテレビ画面に向き直る。

新作のゲームに目を輝《かがや》かせる彼の横顔を、わたしはちらりと盗《ぬす》み見た。
この近さで、そのキラキラする瞳が見られるのも、この関係があるからだ。
わたしたちは、仮初の恋人同士。
他のカップルにはない関係性。

――じゃあ、その特別な関係を、少しは利用しちゃってもいいのかな。

わたしはコントローラーを握りながら、クッションの上のお尻《しり》をもぞもぞと、少しだけ正市の方に寄せてみた。

〈2〉 天気は快晴、脅迫日和

実際のところ、今まで恋人ムーブに勤《いそ》しんできた結果、俺と十色《といろ》がつき合っていること
は結構広まっているはずだった。その証拠《しょうこ》か、最近十色は恋《こい》だ愛だのトラブルに巻きこま
れておらず、当初の目的は成《な》し遂《と》げられている。
昨日の『恋人ムーブってやり尽くした感ある』発言は、そういった達成の意味もこめて
のものだったのだが――。
それが、室内での恋人ムーブゲームといった急展開になってしまった。
朝、登校しながら、俺はそんな昨日のことをぼんやり思い出していた。
十色は基本的に低血圧で寝起《ねお》きが非常に悪く、俺まで巻きこんでの遅刻《ちこく》を防ぐため、朝
は別々に登校するようにしている。
十色と喋《しゃべ》りながら歩く帰り道も好きだが、こうして一人気ままなペースで歩く朝の時間
も俺は中々気に入っていた。
一人ぼんやりと考え事をしながら歩く時間を大切にできる人とは、友達になれる気がす

る。まぁ、そいつはおそらく俺と同じようなぼっち気質で、中々友達にはなれないんだろうけど。

深呼吸をすると、まだ熱のこもっていない澄《す》んだ空気が肺に気持ちいい。耳に届くスズメの囀《さえず》りが、新しい一日の始まりを感じさせてくれる。

「ふぅ……」

——平和だ。

最初、つき合っているフリをすることになったときは、どうなることかと思った。実際紆《う》余曲折《よきょくせつ》というか、いろいろなことがあったけど、今はとても落ち着いている。

なんだかラスボスを倒《たお》し、訪《おとず》れた平和な世界のような。

いやいや、ダメだダメだ、気を抜《ぬ》くな。仮初のカップルとバレないために、これからもしっかり恋人ムーブはしていかなければならないのだ。

しかし、そうは思いつつも、幾分《いくぶん》か気持ちは楽だ。

俺は軽い足取りで校門をくぐり、昇降口《しょうこうぐち》へと入っていった。

——冷静に考えれば、簡単にわかることだった。

ゲーム好《ず》きとはもう二度と、自称《じしょう》できそうにない。

初めの町にあった開かずの扉《とびら》が開くようになっていたり、湖の奥に浮かんでいた謎の祠《ほこら》に水が引いて行けるようになっていたり、ストーリーの途中《とちゅう》ずっと噂《うわさ》になっていた孤高《ここう》の裏ボスに挑《いど》めるようになったり。

ＲＰＧならたとえラスボスを倒しても、必ず何か次の敵、イベントが発生するものなのだ。

＊

休み時間なのに休めないとはこれ如何《いか》に。

現在、三時間目と四時間目の間の休み時間。

この日は三時間目の授業が美術で、北校舎一階の美術室への教室移動があった。南校舎四階にある一年一組の教室からだと、普通に歩けば一〇分弱かかってしまう距離がある。

え、休み時間一〇分なんだが。

これ完全に学校の設計ミスだろ……。

移動しながらでも友達とのお喋りを楽しめたらいい、なんて甘《あま》っちょろい休み方はしたくない。しっかりと席に着き、アプリゲームの時間経過により復活しているイベントたちを消化し、読みかけのラノベを数ページ進めるか、もしくは数分でもいいので仮眠《かみん》でもできればまぁ理想だ。

そのため、俺はいつも早足で教室移動をするようにしていた。

ぼっちは機動力に優《すぐ》れている。

右ステップ、左ステップで人をかわし、コーナーを曲がって階段を駆《か》け上る。ただ、あんまり急いで、「あいつ何やってんだ？」と目立ってしまうのも嫌《いや》なんだよな。なので走ることはないが、競歩レベルの早足で。

人通りの多い廊下《ろうか》もさっさっさっと、針に糸を通すような隙間《すきま》も利用して、誰にもぶつからず進んでいく。

きっと外国人なんかが見てたら、「ニンジャニンジャ⁉」とパニックになっているだろう。

まぁ、基本教室でも存在感なく忍《しの》んでるようなもんだし、あながち間違ってはいない。

その日の記録は四分三〇秒。自己ベストに近い記録を出しつつ一番乗りで教室に帰り着いた俺は、ふぅと息をつきながら自分の席に腰を下ろす。

ポケットからスマホを取り出しつつ、手に持っていた美術の教科書を机にしまおうとして――。

カサッと、何やら気になる音がした。

なんだろう。机の中にプリントでも入れていただろうか。そんな記憶《きおく》はないのだが……。

俺は一度教科書を抜き、中を検《あらた》める。

そして、そこにあった一枚の紙を取り出し、

「こ、これは……」

俺は思わず辺りを見回していた。

教室に戻ってきている数人は、誰も俺のことは気にしていない。さすがの忍びスキル（常時発動系）だ。幸い、そのスキルの対象外である十色の姿はまだない。

俺は机の陰《かげ》になっている膝の上で、もう一度こそっとそれを確認する。

便箋《びんせん》、だった。

二つ折のそれをかさりと開くと、目に飛びこんできたのは丁寧《ていねい》な女子の字。

――こ、これはいわゆる、ら、ら、ら、ラブレター？　いや、落ち着け、俺は彼女のいる身だぞ！　……仮初だが。

しかしながら、俺に十色という彼女がいることは、一応周知の事実レベルになっていて。

その上で、俺にこんな手紙を送ってくるなんて。

……こんな手紙？

待て、一旦《いったん》冷静になれ。まだ手紙の内容を確認していないではないか。女子から手紙を

もらうことが未経験すぎて、字を見ただけでプチパニックになってしまった。

俺《おれ》はおそるおそる、その文字に目を走らせる。

『昼休みになったら、北校舎屋上で待っています。一人できてください。こないと大変なことになります。

～P.S.～　あなたと十色、本当につき合ってるの？』

頭の中が真っ白になった気分だった。

俺はいったい何を勘違いしていたのだろう。

その流麗《りゅうれい》な文字で綴《つづ》られたそれは、決して色めくようなものではなく、

「……脅迫状《きょうはくじょう》じゃねぇか」

俺は思わず呟《つぶや》いてしまう。

宛名《あてな》はない。俺は再び顔を上げて周囲に首《こうべ》を回《めぐ》らせた。こちらを窺《うかが》っている者は誰もいない。

──なんだこれは。誰がこんなもの？　大変なことって、いったい……。

ここで、名探偵正市《めいたんていまさいち》の出番である。

二時間目が終わり、三時間目の準備をするときは、こんなもの入っていなかったはずだ。この休み時間は一番早く教室に戻ってきたので、手紙が仕こまれたのは前の休み時間、俺が美術室に向かったあとということになる。つまり、犯人は俺が美術室に向かったあとも教室に残っていた人物に絞《しぼ》られるわけだが――周りに興味がなさすぎて全然わからない。おい迷探偵……。

しかしながら、情報量の少ない手紙であるが、その中にも一つヒントがある。

犯人は、十色のことを俺と同じように『十色』と呼ぶ人物、ではないのだろうか。

これは結構いい線をいっているかもしれない。友達の多い十色だが、多くの人は彼女《かのじょ》を『十色ちゃん』と呼んでいるのだ。心当たりの人物が一人浮かんでくる。彼女なら、昼休みを指定してきた理由もなんとなくわかる。

そう俺が考えていると、十色を含《ふく》む友達グループが教室に戻ってきた。わいわいとお喋りで盛り上がりながらゆっくり帰ってきたようだ。四人が入ってくると、教室内がパッと華《はな》やいだような印象を受ける。

彼女が犯人だとして、いったいなぜこんなことを……。

俺を屋上に呼び出して、何がしたいのか……。

どうもゲームは終わらないらしい。俺は背もたれに身体を預け、小さくため息をつくのだった。

＊

大変なことになります、ってズルいよな。

例えば、「こないとあなたは、次のテストで全教科赤点を取ります」とか「こないと今日、帰り道に財布《さいふ》を落とします」とか。被害状況《ひがいじょうきょう》を書いてくれればそれによって行くかどうか判断できるのに。……なんか占《うらな》いみたいだな。

ちなみに前者ならもちろん行くが、後者なら……迷って渋々《しぶしぶ》行く。最近カードの新弾《しんだん》を買いすぎてお金はほぼ入っていないが、財布自体をなくしてまた買うのはやっぱり面倒《めんどう》だ。

まぁ、リアルなところで言うなら、「こないと私が知ってるあなたと十色の秘密バラします」とかか。

それなら説得力もあるし、俺も迷わず行かざるを得ないのに……。

すぐに訪れた昼休み。俺はそんなことを考えながら重い足取りで屋上へと向かっていた。

昼休みになったら、ってところも酷《ひど》いと思う。せめて弁当を食べる余裕くらいほしかった。『昼休みになって、お弁当を食べて、ちょっとゆっくりしてから屋上にきてくれるかな？』くらいがいいお手紙（脅迫状）だ。気遣《きづか》いをくれ……。

途中、ちらりと二組の教室を覗《のぞ》きながら、すぐに角を曲がって渡り廊下へ。北校舎には音楽室や図書室、三時間目に使った美術室などの特別教室が主に入っている。昼休みの時間帯は人の往来がほとんどない。

そういえば、屋上に行くのって初めてだ。普通《ふつう》に学校生活を送る分には、まず行かない場所である。というか、鍵《かぎ》は開いているのだろうか。

よっこらよっこら階段をのぼっていくと、やがて最上階の踊《おど》り場《ば》に出る。屋上へ繋《つな》がる扉がぽつんとあるだけの、埃《ほこり》っぽい空間。白く眩《まぶ》しい光が磨《す》りガラスの窓を通し、明度《めいど》を落として差しこんでいる。

俺は扉の取っ手に手をかけ、そっと捻《ひね》って押してみる。すると扉は拍子抜《ひょうしぬ》けするほどなんの抵抗《ていこう》もなく、すっと開いた。

屋上は肩の高さほどの金網《かなあみ》フェンスで囲まれていた。今俺のいる位置からでは、そのフェンスの向こうに真っ青な空が見える。

天気は快晴、脅迫日和……なんだろうか。

屋上の一番奥、フェンスのそばに立っていた一人の女子が、こちらを振り返った。

「ほんとにきてくれた」

顔の動きに合わせて毛先を躍《おど》らせる、さらさらの長い黒髪。俺を真っ直ぐ見据《みす》える、切れ長な目。薄い唇《くちびる》は少しだけ口角が上がっていて、どこか不敵でミステリアスな印象を受ける。

可愛《かわい》いというよりは、美人という言葉が似合うだろう。身長も女子の中では高い方で、スラッとしたモデル体型だ。そんな彼女のことを、俺はもちろん知っていた。

船見《ふなみ》楓《かえで》。

十色が仲よくしている、友達グループの一人だ。『楓ちゃん』と十色がよく名前を出すので、勝手に少し身近な印象を持っている。

「……あー、あ、あの……俺になんの用だ？」

思いっきり、ドモってしまった。

いくら身近に感じていたとはいえ、実際に相手を前にしての会話となると話は別だ。しかも初めて話すし、二人きりだし……。凛《りん》とした雰囲気《ふんいき》を持つ美人で、中曽根《なかそね》のようなギャルっぽい女子と話すのとはまた違った緊張感《きんちょうかん》もあった。

そんな俺の動揺など気にする様子もなく、船見は言う。

「驚《おどろ》いたりしないいんだ。まるで私がいるってわかってたみたい」

「よ、予想はついてたからな」

十色のことを『十色』と呼ぶ人物。その時点で十色に近い人物だと推測できる。

教室を出るとき十色の方を確認《かくにん》してみると、中曽根、まゆ子《こ》、十色の三人が中曽根の席の周りに集まり、近くの机をくっつけて弁当を食べようとしていた。

俺と目が合い、ピースにした指をちょきちょきと動かして見せてくる十色は一旦置いといて……普段は船見もそのグループのメンバーなのだが、お昼ご飯のときはいつも別のクラスの男子、春日部《かすかべ》と一緒《いっしょ》に食べていると十色から聞いていた。

ただ、ここへくる途中ちらりと覗いた二組では、春日部が他の男子と机を囲んでいた。

屋上への呼び出しに昼休みを選んだのは、もともとグループから離脱《りだつ》する時間帯であるため、十色にバレず俺と会えるからではないだろうか。

そこまで俺は予想しており、高い確率で船見が手紙の差出人だろうと踏《ふ》んでいた。

「いつまでそっちにいるの？　こっちで喋ろう？」

屋上の扉をくぐったところで、俺は船見と会話していた。いや、本当に俺に用があるのか確認してからと思っていたのだ。

「二組の彼氏《かれし》はよかったのか？　寂《さび》しそうにしてたぞ」

そそくさと屋上を進みながら、俺は言う。

「それは嘘《うそ》だ。駿《しゅん》、友達多いもん」

船見は片手の指をフェンスの網《あみ》にかけたまま、俺が近づいてくるのを待っていた。

「それに、駿は彼氏じゃないけどね」

艶《あで》やかな黒髪《くろかみ》を風に揺《ゆ》らしながら、どこか寂しげな表情でそう続ける。

船見と春日部がよく一緒に行動しているのは知っていた。十色や猿賀谷《さるがや》との会話の中で耳にすることもあれば、夏休み、中曽根の口から船見の話をされたこともある。

まぁ、船見と春日部が仲よくしているという事情を前提に、春日部が十色を気にしているだ狙《ねら》っているだ、そういったトラブルまがいな話ばかり聞いているのだが。

だからこそ、今日なぜ呼び出されたのか、俺は気になっていた。

素直《すなお》にここにやってきたのには、船見が何をしようとしているのか確かめておきたいという理由もあったのだ。

俺が船見まであと一メートルというところで立ち止まると、彼女がまた口を開く。

「きてくれてありがとう」

「こないと大変なことになるみたいだからな」

俺の返事に、船見はくすくすと笑う。その笑顔《えがお》を見て、少しだけ身体の強張《こわば》りが解けていく。

「ちなみに、大変なことってなんだ?」

「それはねぇ、先に私の話を聞いてくれたら教えてあげる」

　どうやらまだ逃がしてはくれないらしい。

「……話って？」

　俺が恐るおそる訊《たず》ねると、船見が俺の顔をじっと見てきた。また少しドキリと、身体が緊張してしまう。

　十色たちといつもはしゃいでいるイメージがあるが、こうして二人で相対しているときはとても落ち着いている。同い年のはずだが、その容姿も相まって何歳《なんさい》も年上に大人びて見える。

　ただ、そんな彼女の瞳が一瞬だけ不安げに揺れたのを、俺は見逃《みのが》さなかった。はっと息を呑《の》む。

「……キミはどうなの？」

「……どうなのって？」

　俺は小さく眉をひそめる。

「……キミは、十色の彼氏なの？」

　なるほど、と思った。

「もちろん、そうだが」

「ほんとに？」

「ああ」

船見はしばらく、真《ま》っ直《す》ぐに俺の目を見つめてきた。そして、

「――よかったぁ」

そう言って、大きく息を吐《は》く。ふにゃふにゃと身体が脱力《だつりょく》するのが、俺の目からもわかった。

そんな彼女の前で、俺も密《ひそ》かに胸を撫《な》で下ろす。よかった。彼女の強い目力から、もしかしたら見抜《みぬ》かれてしまうかもと感じたが、なんとか大丈夫《だいじょうぶ》だったようだ。

彼氏です（仮初《かりそめ》の）。

……ひやひやするな。

「それ、まゆ子がなんかいろいろ言ってたからか？　ほらあの、占いの結果で、『交際相手の影《かげ》が見えない』って言われたとかなんとかで」

俺がそう訊ねると、船見はこくこくと頷く。

「そうそう！　その話聞いてから心配で」

本当に十色の彼氏なのかと訊《き》かれたとき、すぐにこの話だろうと察した。バイト旅行の夜、中曽根からざっくりとした内容を聞いていたのだ。

十色に彼氏がいないとなれば、船見と一緒にいる春日部が、十色の方に寄っていってしまうかもしれない。それを船見が不安に思っている、と。

心配するな、的な気の利《き》いたことが言えればいいのだろうが、そもそも俺は仮初の彼氏。そんな偉《えら》そうなことを言える立場でもない。

従って、この場で俺にできることはない。

「じゃあまぁ、そういうことだから」

船見からこれ以上俺と十色の関係が追及《ついきゅう》されるということもなさそうだ。それを確認できたことが一番大きい。安心しながら、俺はおもむろに踵《きびす》を返す。

船見には聞こえてないだろうが、さっきから小さく腹が鳴っている。早く弁当を食べたい。

「ちょっと待って！」

しかし、すぐに呼び止められてしまった。

「……なんだ？」

「本題がまだ、終わってない」

どうやら今までの話は前置きだったらしい。おい、もうすでにぴりぴりしたやり取りでかなり精神削《けず》ってるんだが。……俺がまだ女子と話すのに慣れてないだけなのか？

船見の方は異性との会話になんの抵抗もない様子で、若干《じゃっかん》苦い表情をしてしまった俺を、不思議そうな顔で見ている。

結局俺はもう一度回れ右をし、船見の前で謎《なぞ》の一回転ターンを決めてしまった。

「本題って……？」

「うん。本題……というかお願いなんだけど」

「俺にできることなんて少ないと思うけど」

「ううん。キミにしかできないこと」

すっと、俺の前に船見のつむじが現れる。丁寧に頭が下げられていた。

「お願いします。キミと十色、二人がつき合ってるとしっかりわからせて、キミが十色の最高の彼氏だって証明して、駿に十色のことを諦《あきら》めさせてほしいの」

何度か、俺は頭の中で船見のセリフを反芻《はんすう》する。

それは美人で大人びていて、こうして一対一で話すときはとても落ち着いていて余裕《よゆう》のある船見の、プライドをかなぐり捨てた懇願《こんがん》のように思えた。

……いや、違《ちが》うか。

先程《さきほど》、俺との会話の中で、「よかったぁ」と安堵《あんど》のあまり脱力した彼女の姿が脳裏に蘇る。こと春日部に関することに対しては、彼女はいつも恋する乙女《おとめ》。そもそもなりふり構ってなどいないのだ。

船見が少し顔を上げ、ちらりと俺を窺ってくる。

「知ってるかもしれないけど、前提として説明しておくとね、私と駿はラブラブなの。仲よしを超《こ》えたラブラブで、それはもう周知の事実」

「お、おう」

急に超《ちょう》ラブラブ宣言が始まり、俺は動揺《どうよう》交じりの返事をしてしまう。

「でもね、駿は心のどこかで十色のことを気にしてる。噂になってるけど、私自身も、実際それを感じちゃうことがたまにある。でも、ほんとにたまにだよ？　駿はそれを外に出さないようにしてる」

「……あー、その噂は俺も知ってる。それで、俺と十色で仲よくしてるところを見せたりなんかはしたぞ？」

それはいつかの校外学習のときの話。一緒にお昼を食べているところを見せ、十色の方に寄ってきた春日部を追い返したことがあった。

「でも、まだ決定打にはなってない。駿はまだキミたちの関係に懐疑《かいぎ》的《てき》。チャンスを窺ってる」

顔を上げた船見が、難しそうに眉根《まゆね》を寄せる。

懐疑的、か。確かに、俺と十色という組み合わせに違和感《いわかん》を覚える者が多いとは聞いていた。春日部もその口なのだろう。もしくは彼が、十色が他の男とつき合っているとどうしても信じたくないのか。

「キミたちが一緒にいるところを見たことあるって人はいっぱいいるだろうけど、つき合ってるっていうのは周りの数人にしか伝えてないでしょ？　それが原因かも」

なるほど。実際に本人たちの口からその関係を聞かないと、信じられないという人も多いのかもしれない。隅《すみ》っこで根暗にすごしているオタクの俺と、学年でも人気トップクラスの美少女十色という組み合わせなのでなおさらだ。

「だとしたらやっぱり、アピールが足りないってことになる。面と向かってキミたちの関係を見せつけて、証明してあげれば、きっと駿も十色のことを諦められるはず。そしてもっともっと私とラブラブのメロメロに。最高」

にやにやと、顔を綻《ほころ》ばせる船見。かと思えば、不意に真っ直ぐ俺の方を見てくる。

「それにさ、駿が十色に目をつけている状態は、キミとしてももやもやするものがあるんじゃない？」

「……あー」

――もやもやする。

改めて考えてみても、やはりもやもやする。

脳内に煙《けむり》がもくもく充満《じゅうまん》しているような気分だ。

「十色にこの話はしたのか？」

俺が訊ねると、船見は首を横に振《ふ》る。

「ううん。してないよ？」

まぁ、先に十色にお願いしていたなら、わざわざ俺を屋上に呼び出したりなんてしないだろう。でも、なんでまともに話したこともない俺に……？

「十色との間では、この話って微妙《びみょう》にしにくくてさ。や、禁句とかじゃないんだけど、避《さ》けるのが暗黙《あんもく》の了解《りょうかい》になってるというか……」

考えていることが顔に出ていたか。船見が先に俺の疑問に答えてくれた。

「そりゃまぁ確かに、十色とこの話題はちょっと気まずいか。それで俺に……」

なんだこの三角関係、漫画《まんが》やラノベでしか見たことないぞ。……いや、現実で他人の恋愛事情なんかが耳に入ってくることがほぼないからなんだが。

にしても、中々複雑なことになってしまっている。

俺は船見から視線を外し、フェンスに一歩近づいた。

真っ青な空には薄《うす》い雲がゆっくりと流れている。涼《すず》しい風がそよそよと屋上を通っていった。弁当を食べ終わった連中が遊び始めたのか、グラウンドの方から男子たちのはしゃぎ声が聞こえてくる。

「キミにしか頼《たの》めなかったんだよ」

そんな船見の呟くような声が、俺の耳に届いた。

……そもそも、周りに自分たちがカップルだとアピールするのは、俺と十色の目標である。特に十色を恋愛絡《れんあいがら》みのトラブルに巻きこんできそうなところには、早急《さっきゅう》に手を打っていく必要がある。

これは十色のためだ。

俺のもやもやを晴らすため、というのも少しはあるかもしれないが……。

故に、船見とは利害が一致《いっち》していた。

「……春日部に、カップルであることを見せつけるには、タイミングが必要だ」

俺のそんなセリフに、船見は口許《くちもと》をほころばせた。

「ありがと……ってことでいいんだよね？　大丈夫、私がチャンスは作る」

今日のところは一旦そういう形で、俺たちは作戦会議を終えた。最初はどうなることかと思ったが、なんだかんだ意味のある、いつかは必要な話し合いだったように思う。

最後に、俺はずっと気になっていたことを訊ねてみた。

「結局、大変なことってなんだったんだ？　もし俺が屋上にこなかったら、どうなってた？」

「あー、あれ、特に何もないよ？」

「えっ？」

「ああやって書いておけば、絶対きてくれるかなって思って」

そう言って、船見はぺろっと小さく舌を出してみせてくる。

な、なんだと……。

俺は完全に騙《だま》され、のこのこやってきてしまったということか？

「昼休み一番に、職員室で鍵を借りてきたの」

船見が言う。

「鍵って、屋上の？」

「そう。絶対に誰《だれ》にも盗み聞きされない場所がいいと思って」

「確かにここなら人はこないが……。でも、意外と簡単に貸してもらえるもんなんだな、屋上の鍵」

万が一事故なんかが起こらないよう、厳重に立ち入り禁止になっている印象だった。

「まぁ、簡単だったね。あの鍵がずらっとかかって入ってるボックスあるでしょ？　そこから何気ない顔して拝借してきただけ」

「それ借りたんじゃないな。盗んでるな。え、俺ここにいて大丈夫？」

この子、しれっととんでもないことを白状しだした。

今この瞬間《しゅんかん》を教師陣《きょうしじん》に見られたら絶対に共犯者扱《あつか》いされる。フェンスの外からの視線が急に気になり、俺は思わず身を縮めた。

「盗んでないよ、ちゃんと返すよ？」

「いや、そういう問題じゃねぇ。バレたら絶対怒《おこ》られるぞ」

「まぁ、怒られるかもね。それなりのリスクを冒《おか》してる。だからこそ、必ずきてもらう必要があった」

だから、嘘を手紙に書き、俺を呼び出したというわけか。

俺はふぅと息をつく。

「まさか自分が詐欺《さぎ》に引っかかる日がくるとは……」

別に怒るつもりはない。ただちょっと、騙されてひやひやしながら屋上にやってきてしまったのが悔《くや》しい。

この年で騙されてちゃ、高齢者《こうれいしゃ》になったときが思いやられるぞ。俺の年金……。

暗い気持ちを背負ったまま、俺が屋上をあとにしようとしたときだった。

「ちょっと待って、私も聞きたいことある！」

そんな声が、背中に飛んできた。俺は足を止め振り返る。

「なんだ？」

「キミはさ、どんなふうに告白したの？　どうやってあの十色をオトしたのさ」

くっ、聞こえないフリして帰ればよかった。またややこしい質問がきてしまった……。

「どうやって、って言われてもな……」

そもそも本当はつき合っていないのだ。答えようがない。

「んー、じゃあじゃあ、告り文句だけでも教えてよ。その場で思いついたの？　それとも悩《なや》み悩んだとっておきのセリフ？」

「告り文句って……。そもそも俺からじゃないし」

「…………」

急に会話が途切《とぎ》れた。ん？　と思い、俺は船見の顔を見る。

船見は目を見開き、まさに驚愕《きょうがく》といった表情をこちらに向けていた。

「嘘……、ほんとに……？　十色からキミに？　はー、道理で十色、恥《は》ずかしがって話したがらないわけだ。どんなふうにつき合い始めたとか、どこで告白されたとか」

……あ、これ、もしかして言わない方がよかったのだろうか。

最初につき合おうと言ってきたのは間違《まち》いなく十色だ。まぁ、あれは告白というか契約《けいやく》というか協力要請《ようせい》みたいなものなのだが。

「俺がこの話したこと、十色には秘密で頼む」

一応、怒られるかもしれないので、船見には口止めをしておく。

「わかった。でもすごいね、あの十色を……」

「そっちこそ、春日部とラブラブなんだろ」

話題を逸《そ》らしたく、俺はそう言葉を返した。

「それはもちろん。夏休みもほとんど毎日一緒にいたし。これをラブラブと言わずなんと言う」

「ほとんど毎日、か」

それでもまだつき合ってはいないのか、という感想は、口の中に押《お》し留《とど》めた。それこそが、船見の抱《かか》える悩みに直結している可能性がある。それに俺と十色だって、本当につき合ってはいないが、長期休暇《きゅうか》の間予定のない日は必ず一緒に遊んでいた。

「なるほど。そりゃあラブラブだ」

俺が言うと、船見がふふっと呼気を揺らす。

「正直ね、自分で言うのもなんだけど、ほんとにいい感じなの。私たち。私は言わずもがなだし、駿も、私のことが好き。それはわかる。だけどその上で、最後の一センチが埋《う》まらないような感覚がずっと続いてる」

なんだか話が恋愛《れんあい》相談みたいになってきた。

「一センチの隙間……。もうちょっと、近づいてみたら？」

「物理的な問題じゃないよ。心の距離《きょり》的《てき》な。わかるでしょ？　ちゃんと考えてる？」

お、おおう、ちょっと待て。

そもそも俺に恋愛相談をすることが間違ってる。経験ゼロだぞ？　恋愛はもちろん、相談を受けたことのある回数も。

「それでも、好きなのか？」

返事に困り、俺はそう訊ねる。すると船見は大きく頷《うなず》いた。

「もちろん。まさか私の好きを疑ってる？　今から駿たんのいいところであいうえお作文やったげよっか。あ行の次はか行、さ行、が行もぱ行も」

「いや、それは結構です……」

駿たんって呼んでるのか……？

「あー、脚《あし》が長い！　いー、イケメン！　うー、歌がうまい！」

「おい勝手に始めるな！　何分かかるんだそれ！」

船見の春日部への気持ちはもう充分《じゅうぶん》わかってるから！

「てか、何かアドバイスはないの？　十色をオトした、必殺――必コロのテクニックとか」

俺がかけたストップにあいうえお作文を中断した船見が、そう訊いてくる。

「必コロってなんだよ。どっかの大魔王か？」

「何言ってるの、必ずコロっとオトす、よ。必殺だと殺しちゃうから」

謎の造語を披露《ひろう》されたところで、教えられることは何もない。俺が「あー、えー」と答えられずにいると、船見が深くため息をついた。

「あーあ。相手が十色じゃなかったらなぁ。そいつを消せば終わりなんだけど」

「ちょっと待て、思考がサイコパスすぎる」

「冗談《じょうだん》よ、冗談」

言って、船見はその美人と言えるだろう整った顔で、ふふふと口角を上げた嫌な笑《え》みを浮《う》かべる。やばい、冗談に聞こえない。

「ぶ、物騒《ぶっそう》なのはやめようね……」

ただまぁ、十色のことはちゃんと友達と思ってくれているらしい。それはこれまでの会話の中でも何度か感じられた。

「とにかく、俺にできることがあれば協力はするから」

俺と、十色のためにも。

船見は再び、恭《うやうや》しく頭を下げる。

「うん。よろしくお願いします」

そして顔を上げ、どこか儚《はかな》く、それでいて綺麗《きれい》な笑みを浮かべた。

「ごめんね、引き留めちゃって。そろそろ教室戻《もど》らないとヤバいね」

その船見の言葉に、俺はハッとする。慌《あわ》ててスマホを取り出し、画面の時計を確認しようとしたときだった。

無情にも、昼休み終了《しゅうりょう》五分前を告げる予鈴《よれい》が校内に鳴り響《ひび》いた。

待て、待ってくれ、俺まだ弁当食ってないぞ——。

どうやら船見の罠《わな》は、素直に従っても大変なことが起こる設定のようだった。

〈3〉 二組の仮初

昼休みを休みそびれた、その日の放課後。

「――とまぁ、そんな感じのことがあったんだ」

俺は船見《ふなみ》との間にあった出来事を、順番に十色《といろ》に話していた。

船見からは特別口止めをされたわけでもなかったし、春日部《かすかべ》にカップルであると見せつける作戦には十色の協力も必要不可欠である。

というか、そもそも、十色に隠《かく》し事《ごと》をするのはなんだか気が引けるし……。

ただし、十色の方から告白された云々《うんぬん》を話してしまったことはもちろん内緒《ないしょ》にしている。

「ほほぅ。正市《まさいち》、本日正午頃《ごろ》、彼女以外の女子と密会、と。メモメモ」

「おい。話聞いてたか？　こっちは脅迫《きょうはく》されてたんだ」

「浮気《うわき》するならするで、絶対バレないようにしなさいよ！　彼女を悲しませ、自分だけ隠し事をする罪悪感から逃《のが》れて。最低よ！　しくしくしく」

「嫉妬《しっと》する彼女ムーブやめろ！」

芝居《しばい》がかった口調で言って泣き真似《まね》をする十色に、俺はツッコむ。すると十色はころっと表情を一転、「うはは」と面白《おもしろ》そうに笑う。

「つき合って八年、そろそろ結婚《けっこん》なんて話をしていたときに彼氏の浮気が発覚。なんとかしばらく目を瞑《つぶ》ってきたけど、今日どうしても目を逸らせない決定的な証拠《しょうこ》が出てしまい精神崩壊《ほうかい》。これまでの浮気は全《すべ》て日記に控《ひか》えており戦う準備万全《ばんぜん》の彼女ムーブだよ」

「いや、設定がハードすぎるんよ」

「にしても、楓《かえで》ちゃんがそんなことをねぇ……」

「話の戻し方が強引《ごういん》すぎる⁉」

俺たちは通学路の途中《とちゅう》にある自然公園のベンチに並んで腰《こし》かけていた。空には夕陽《ゆうひ》の赤が薄っすら滲《にじ》みだしている。

幼い頃から慣れ親しんでいるこの公園を、俺たちは「いつもの公園」と呼んでいる。このいつもの公園から遊歩道に出て少し歩けば、俺と十色が仮初のカップルになった場所である例の河原に繋がっている。

「まったく……。結局弁当食べたの五時間目の休み時間だったしな」

周りからの「なんであいつ今飯食ってんだ？」の視線が、ぼっちには中々辛《つら》かった。

そんな俺のぼやきを聞いて、

「大変だったねぇ。頑張《がんば》った正市を褒《ほ》めてあげよう」

十色がそう言って、こちらに手を伸《の》ばしてくる。

何をされるのかと思ったら——ぽんぽんと、ふわり優《やさ》しい手つきで俺の頭を撫でてきた。

「よしよし、頑張ったねぇ」

——えっ、ちょ、待てまて。

急なことで驚いた。髪《かみ》を触《さわ》られる慣れない感覚に、身動きが取れなくなる。

だけど一方で、なぜだが不思議と少し報《むく》われたような気分になった。

「しかも最後、まさか騙されてたなんてねぇ」

そう十色が続けてくる。

「ほんとだぞ。俺でなきゃとっくに人間不信になってるぞ」

幼い頃、親と自転車に乗る練習をする際、『持ってるもってる』の声を信じて走行したところ、見事に転倒《てんとう》。がばっと後ろを振り返ると、荷台を持って支えてくれているはずの親の姿がなぜか遠いところにあった。『おーい、大丈夫かー』と、手を振っている。

初めての肉親の裏切りは、本当に人間不信になりかけた。

そのときの経験が、きっと俺を強くしてる。……多分。

「そういや正市、楓ちゃんは『船見』なんだ」

十色が俺《おれ》の髪から手を離《はな》し、そんなことを訊いてくる。頭に若干《じゃっかん》名残惜《なごりお》しさを覚えながら、俺は苦い昔の記憶《きおく》から意識を引き戻した。

「ん？　呼び方の話か？　何か変か？」

「や、ふと気になってさ。まゆちゃんのことは『まゆ子《こ》』じゃん？」

「あー、確かに」

気にしたことなかったが、十色の友達のまゆ子のことは、普通にまゆ子と自分の中でも呼んでいる。

十色は俺と話すときも、基本的に友達のことは下の名前で呼ぶので、そちらの方が馴染《なじみ》深《ぶか》いというのはある。その名前と彼女たちの上の名前が一致してきたのも、入学して数ヶ月経《た》ってからだった。ただ、中曽根《なかそね》や船見を下の名前で呼ぶのには抵抗というか、高いハードルがある気がする。

キモい馴《な》れなれしい、と、キッと睨《にら》んでくる中曽根。

そんなに仲よくなった記憶ないんだけど……、と、若干引き気味で言ってくる船見。

そんな光景が脳裏《のうり》に浮かんできた。

一方まゆ子には、下の名前で呼ぶことに抵抗を感じない何かがある。

おうおう、どしたん急に、親友みたいじゃーん！　などと許してもらえそう。

「……まぁ、まゆ子だから」

少し考え、俺はざっくりとした答えを出す。そんな大雑把《おおざっぱ》な返事でも伝わることがあったのか、十色は「あー」と声を伸ばした。

「まぁ、まゆちゃんだしねー」

結論、みんなどんどんまゆ子のことはまゆ子と呼ぼう。多分本人も喜ぶ。

「で、まぁ、そんな感じで頼まれたんだが。……ところでお前、春日部となんかあったのか？　気に入られてるみたいだけど」

俺は話を本題に戻しつつ、気になっていたことを訊ねた。

十色は遊具で遊ぶ子供たちに目を細めながら、「んー」と声を伸ばす。

「それがねぇ、何もないんだよ。でも、何もなくてもそういう気持ちって生まれるもんじゃん？　一方通行の、悲しい想《おも》いになるんだけど」

それはもらい事故のような恋愛トラブルに巻きこまれてきた十色だからこそ、身を以《もっ》て体感していることなのだろう。

……本当に何もなければいいのだが。

「楓ちゃんの依頼《いらい》にはもちろん協力するよ。わたしも早くこの問題、解決したいしね」

「船見がチャンスを作ってくれると言ってた。なんとかできたらいいけどな……」

「そうだね。そのチャンスとやらまでも、念入りに恋人《こいびと》ムーブを継続《けいぞく》しとかないと」

「ああ、そうだな」

一応、今後の方針がまとまったか。

ただ、俺にはもう一つ引っかかっていることがあった。

「あとちょっと気になったのが、船見と春日部の関係なんだが。あの二人って……」

俺の言葉に、十色はまたしても「うーん」と漏《も》らした。

「とにかく仲はいいよ。基本一緒に行動してるし、二人でいるときはほんとのカップルみたい。だけど実際はまだつき合ってなくて……」

「つき合う手前って感じなのか？」

「やー、どんな事情があるのかは……。でも、楓ちゃんの春日部くんラブは本物だよ。ほんとに大好きってのが伝わってくる」

「あー、俺が話したときも、春日部のいいところであいうえお作文やってたぞ」

「正市の前で⁉　マジか。や、でも、春日部くんラブモードの楓ちゃんならやりかねないね……」

やはり、船見は春日部のことになると性格が変わってくるようだ。

「ほんとに好きなんだな」

俺がそう呟《つぶや》いたときだった。

「あ、頭がいい。い、いい奴《やつ》……一緒にいて楽しいとか？　う……」

隣《となり》から、そんなあいうえお作文が漏れ聞こえてきた。

「……それ、俺のことか？」

十色がハッとした顔で俺を見る。

「わ、わたし何か口に出してた？」

「なんか、あいうえお作文が聞こえてきたが」

そんな俺の言葉に、十色は慌てたように身体の前で両手をぱたぱたとさせた。

「あ、あー、ちょっと考えただけだよ。彼女《かのじょ》としてね、いつでも答えられるように。あ、案外頭がいい。い、意外といい奴」

「なんか褒められてる気がしないんだが⁉」

さっき聞こえてきたのには、案外とか意外とかついてなかった気がするんだが……。

十色が仕切り直しをするように、おほんと咳払《せきばら》いをする。

「春日部くんも、楓ちゃんのこと好きだと思うんだけどねぇ。あんまり喋《しゃべ》ったことないから、ほんとのところはわからない。女の子好きで、特定の彼女を作りたがらないって噂《うわさ》もあるけど、どうなんだろ……。わたしも関《かか》わってたりしたらなんか気まずいし、楓ちゃんもその話はしない」

ほんとはわたしたちみたいな友達に愚痴《ぐち》を言ったりしたいのかもだけど……と、十色はつけ足す。

船見も俺に、同じことを言っていた。やはり十色たちのグループの中では、この話については暗黙の了解のようになっているのだろう。

外面は完全にカップルだけど、本当はまだ恋人同士じゃない。確かにその面だけ見れば、俺と十色の仮初カップルと同じである。

ただ、形としては仮初のカップルでも、その内側にある本当の二人の関係はどんなものなのか。

春日部の、本当の想いは？

少し話を聞いてしまったからか、仮初という境遇《きょうぐう》が似ているからか、俺は二人のことが気になっていた。

「ちょっと探《さぐ》ってみたいな」

「二人のこと？　そうだね。わたしもずっと気になってたし、賛成だ。でもまぁ、無理に切りこむようなことはせず、できる範囲《はんい》で」

「ああ」

俺が頷くと、十色が「んー」と伸びをした。

「さーて、作戦会議も終わり！　せっかくだし歩きますかー」

そう言って、ぴょんと勢いをつけてベンチから立つ。

「歩く？」

俺は首を傾《かし》げる。

「散歩だよ、散歩。夏の終わりの夕暮れに黄昏《たそがれ》る恋人たちのムーブ」

「ムーブつければなんでもよくなってないか」

言いながら、俺も立ち上がって後に続く。

「にしても、お前が散歩ねぇ。珍《めずら》しいな……。なんかあるだろ」

「くっ、さすが正市、鋭《するど》いねぇ。実はあっちの公園出たところに、たい焼き屋の移動トラックがきてたんだよ。いわばこれは、食欲の秋に抗《あらが》えなかった恋人たちのムーブだね」

「ほんとになんでもありじゃねぇか！」

もう恋人ムーブでもなんでもなくなっていた。

「いいから行こっ！　たい焼きが泳いで逃《に》げちゃう！」

「奴らはトラック移動だろ……」

そんなツッコミを入れていると、十色にぐっと手を引かれた。手を繋《つな》いだことにドキドキする暇《ひま》もなく、たい焼き屋の方へつれられていく。

歩きながら、ふと思った。

今、この瞬間、自分たちが仮初のカップルという意識は俺にはない。ただ楽しく、二人ですごしているだけ。

船見も同じなのだろうか。

形はどうあれ、こうして十色とすごす時間は、限りなく本物のカップルのそれに近づいている気がした。

☆

昔から、考え事をするのはもっぱらお風呂《ふろ》だった。するというか、しちゃうというか。湯船《ゆぶね》でぼーっと温まっていると、今気になってたり悩んだりしていることが頭に浮かんでくる。ぼんやりぐるぐる考えちゃって、のぼせちゃうこともしばしば。

そして、今日のわたしの脳内は——。

食欲の秋に抗えなかった恋人たちのムーブってなんなんだ!

咄嗟《とっさ》に言ってしまったが、今考えたらハズすぎる。抗えよ！

……本物の彼女なら、彼氏《かれし》の前でこんなこと言わないよね——。


もわもわした湯気に包まれながら、もやもやそんなことを考えていた。

お湯の中、指先でおへその横辺りをつまんでみる。ちょっとむにゅっとしてる。

……頑張って我慢《がまん》しないと。だらしないって思われちゃうかも。

特にこれからのシーズンは基本厚着だから、油断しがちになっちゃうし……。

『おいおい、部屋にセイウチが一頭転がってるのかと思ったぞ』

なんて言われちゃうかも。

冗談だってわかってるし、そんな軽口言われ慣れてるけど……なんだか今正市にそれを言われると、ちょっとずーんと胸に伸《の》しかかってきちゃいそう。

そんな以前と今の気持ちの変化を、わたしはちゃんと自覚している。


夏休み。自分たちに初々《ういうい》しさがない、熟年感《じゅくねんかん》があるなどと言われていたとき、わたしは正市とカップルらしさを味わおうと必死になっていた。

そもそも、この関係自体、仮初のはずなのに……。

そしてわたしの誕生日、正市に今のわたしたちの関係を肯定《こうてい》され、それがとても嬉《うれ》しくて、気づいてしまったのだ。

こんなにも、カップルらしくあろうとしてたのは。

こんなにも、二人の在り方を肯定されたのが嬉しいのは。

わたしが正市と、本物になりたかったからではないのか、と。


気づいてからは、その想いは常に胸の奥《おく》でうずうずと渦巻《うずま》いている。そして何かある度に、むくむくと首をもたげてくる。

些細《ささい》なことで心臓がドクドクして、ふわふわして、身体が熱くなって。

なんだか振り回されてるような気分だけど、それに身を任せて少し楽しんでいる自分もいる。

ここ最近は、そんな不思議な感覚で日々をすごしていた。

「はー、やっぱし浮かれてるや」

恋人ムーブの練習なんて言って、室内での激しめの恋人ムーブにつき合わせたり。今日だって、今までしたこともない頭ぽんぽんをいきなりやってみたり。他にもいろいろ。最近は以前より少し積極的だ。

考えながら、わたしは緩《ゆる》んでいた頬《ほお》をぐーっと両手で押し上げる。多分、とてもむすっとした表情になっている。あんまり人には見せられない。

わたしはその変顔状態のまま、ずずっと深くお風呂に浸《つ》かった。

そんなぽわぽわした状態でも、悩みはある。

わたしたちにはわたしたちなりの形がある。それはわかるし、そんな正市との関係を大切にしたいけど。でも、そもそも大前提として、本物のカップルには恋人ムーブとかその打ち合わせってないよね……。

カップルっぽいことをする際に、カップルっぽいことをするという建前や、事前の話し合いがわたしたちには存在している。

本物って、いったいどんなのなんだろう。

今まで一度も男の子とつき合ったりしたことないし、わからない。今は無性《むしょう》にそれが気になっている。

だけど、相手に直接それを求める勇気はまだなくて……。

だから仮初《かりそめ》の関係を利用して、その気分を味わってみようなんて思ったり。

——ズルいな、わたし。

でも、こんなドキドキ、生まれて初めてだ。

そこまで考えて、一人ふふっと笑った。

……にしても、わたしはこんなにいろいろ考えてるのに、正市の奴は普段《ふだん》通りだ。

ちょっと一緒《いっしょ》にドキドキさせたいな——。

〈4〉今週の日曜日、オレとデートしてほしいんだ！

「正市《まさいち》の旦那《だんな》からお誘《さそ》いたぁ、今日は午後から大雨かぁ？　まいったな。放課後は隣街の高校まで出向いて、夏の間に仕上がったオレの身体がどこまで魅力的《みりょくてき》か逆ナンタイムアタックにトライする予定なんだ」

「おー、すごいな、スコールにでも見舞《みま》われたらいいのに」

「ここ日本で!?」

十色《といろ》と公園でたい焼きを食べた翌日の昼休み、俺は猿賀谷《さるがや》と食堂にきていた。

今回は用があって誘ったのだが……確かに俺から猿賀谷を何かに誘うのは初めてだったかもしれない。

猿賀谷は海の家でのバイト以外にも、夏休みが終わるギリギリまで何度も海に遊びに行っていたそうで、顔も腕《うで》もすっかりこげ茶色に日焼けしていた。一〇月になってもまだその肌《はだ》を見せたいのか、衣替《ころもが》えが終わった今も名残惜《なごりお》しそうに半袖《はんそで》を着ている。

「まいったな。豪雨《ごうう》に見舞われちゃあ、水もしたたるいい男が完成しちまうじゃあねぇか」

「あー、スコールは突風《とっぷう》も伴《ともな》うらしいぞ」

「突風？　そいつはいいな。きっと女の子のスカートを捲《まく》り上げる神風となってくれるだろう」

なんでこいつこんなにたくましいんだ。ほんとに大雨に降られ、身も心も綺麗に洗濯《せんたく》されればいいのに。

そんな俺の呆《あき》れ半分の視線もどこ吹《ふ》く風《かぜ》で、猿賀谷は先程《さきほど》買ってきたラーメンBセットを食べ始める。焼飯と餃子《ギョーザ》がついて八〇〇円という、運動部の連中に人気のメニューらしい。

俺も今日の気分で選んだ親子丼《おやこどん》に取りかかりながら、軽く辺りを見回してみる。

運よく食堂奥の席を取れた。後ろは通路。両隣《りょうどなり》に座《すわ》る上級生グループは雑談に盛り上がっており、こちらの会話を聞かれる心配はなさそうだ。

俺が猿賀谷に話を切り出そうとしたとき、

「しかし珍しいな、正市の旦那。何かよっぽどの要件があると見た。まぁ、オレの方もお前さんに話したいことがあったもんで、ちょうどいいっちゃあちょうどいいんだがな」

「話したいこと？」

なんだ、またエロ話だろうか。

俺が眉《まゆ》をひそめていると、猿賀谷が箸《はし》でぴっと俺を指してくる。

「まぁ、オレの話はあとでいいから、先にお前さんの話を聞かせてみな」

猿賀谷のエロ話はとにかく長い。今日はそれに時間を費やす余裕《よゆう》がなく、俺は先に本題を終わらせておこうと口を開いた。

「春日部駿《かすかべしゅん》について、知ってることを教えてくれないか？」

自然と声をひそめていた。猿賀谷の目が少し細まる。

「……それは、十色ちゃんに関係することかい？」

「それも含《ふく》めて、奴の恋愛周りの話とか。他にも何か変わった話があれば」

「ほぅ」

猿賀谷は箸を置き、顎《あご》に指をやった。

「お前さんと十色ちゃんのためなら、協力したいのは山々だ。だがあいにく、今はこれといった情報は持ち合わせていないなぁ。これまでお前さんにも話してきた、楓《かえで》ちゃんという最高の女の子がいながら、十色ちゃんのことも気にしている不届き者、ってことくらい」

「そうか……」

その明るくフレンドリーな性格で他クラスにも顔の広い猿賀谷なら、何か知っているかもと思ったのだが。

にしても、不届き者、か。船見《ふなみ》は『それを感じちゃうことがたまにある』と、そこまで強い言い方はしていなかった。

「正市の旦那が直接訊《き》いてみるってのはどうなんだい？」

「いや、それは難しいな」

春日部からはなんだか敵視されているような気がして訊き辛《づら》い。というか、そもそも接点がなさすぎて、話しかけたらめちゃめちゃ警戒《けいかい》されてしまいそうだ。

「まぁ、そりゃあそうか。プライベートのことを春日部本人に根ほり葉ほり訊きにいけって言われたら、オレでも厳しい」

顎の先を繰《く》り返し指でつまむ動作を見せながら、猿賀谷は続ける。

「今話せることは何もない。ただまぁ、情報を集めることはできるってもんだ」

「それって――」

思わず胸から上を机に乗り出した俺に、猿賀谷は頷いてくる。

「ちょっと時間をくれってこった」

ありがたい。猿賀谷のネットワークには、かなり期待ができる。

「ぜひ頼《たの》みたい」

俺が言うと、猿賀谷はふぅと一つ息をついた。

「正市の旦那。目には目を、歯には歯を」

「……なんだ？　ハンムラビ？」

急にどうしたんだ。復讐《ふくしゅう》でもされるのか？

「頼みごとには頼みごとを、だ。わかってるよな」

「わかってるよなって言われても……」

俺も猿賀谷にお願いをする身なので、ここは彼《かれ》の話を聞くのが筋だろう。にしても、俺に頼み事？　……なんか怖《こわ》いんだが。

「い、一応話してみてくれ」

俺がそう答えると、猿賀谷はにっと笑みを浮かべる。

「旦那、今週の日曜日、オレとデートしてほしいんだ！」

「は？　ちょっと待て。条件の難易度が俺の予想のはるか上だった。え？　お前とデート」

「……嫌《いや》、なのか？」

「やめろなんだその上目《うわめ》遣《づか》い気持ち悪い！　無理だ無理」

変なキメ顔をしてくる猿賀谷から、俺は慌てて身をひいた。ガガガッと椅子《いす》の脚が床《ゆか》をこする音が食堂に響いてしまう。

なんで俺がよりにもよってこのむさ苦しい男とデートなんて。猿賀谷も、女好きに定評のあるエロ男ナンバーワンじゃなかったのか。いつの間に趣味《しゅみ》が変わったんだ。

「無理、か？　それじゃあ、まゆ子《こ》ちゃんも残念がるなぁ」

「いや、普通《ふつう》に、マジで、絶対無理だが。……ん？」

手の平を前に突《つ》き出し、全力で拒否《きょひ》を示していた俺の耳に、新たな登場人物の名前が入ってきた。

「まゆ子？」

なぜ俺と猿賀谷のデートがなくなり、まゆ子がショックを受ける？

まさかまゆ子の奴、実は腐女子的な……？

鋭い視線を感じた気がして、俺は身震《みぶる》いをした。気のせい、か……？　俺は慌てて辺りを見回す。

そんな俺の前で、猿賀谷がこくりと首を縦に振《ふ》った。

「ああ、まゆ子ちゃんだ。昨日、急に遊びに誘われたもんでな」

「えっ、あ、あー。まゆ子に、お前が、誘われたのか？」

「おう。そう言ってるが」

なんだ、早とちりして嫌な想像をしてしまった。今後教室でおちおち猿賀谷と話せなくなるところだった。

「なんだ。それじゃあ行ってくればいいじゃないか」

「いや、それがなぁ。オレも誘われたときは、『おっ、デートのお誘いかい？』とオーケーしたんだが、急にむこうが『そ、それで、他にも誰《だれ》か呼ぶ？　呼ぶよね？　呼ぼっかよぼっか』ってな感じで。結局ただの遊びだったらしい」

なるほど、なんとなくわかってきた。

夏休みのバイト旅行の最中に。俺や十色の目の前で、まゆ子は恋《こい》に落ちた。相手はこの猿賀谷。まゆ子はまさかの大穴にハマったことになる。

そしてどうも、まゆ子はその恋心《こいごころ》を叶《かな》えようと一生懸命頑張《いっしょうけんめいがんば》っているらしい。勇気を振り絞《しぼ》って猿賀谷を遊びに誘ってみたが、急に恥ずかしくなってしまい、大勢での遊びに切り替《か》えたってところか。

「そんなことがあったのか」

俺が言うと、猿賀谷は深く頷いた。

「ああ、そうなんだ。しかしまぁ、それで黙《だま》ってるオレじゃあない。勘違《かんちが》いした分悔《くや》しいってなもんで、それなら遊び相手にもカップルを選んで、無理やりデートっぽくしちまおうって魂胆《こんたん》なわけだ」

「えっ……」

なんか流れが変わったな。

「つまり俺とデートしてほしいっていうのは……」

「ああ。正市の旦那と、十色ちゃん。オレとまゆ子ちゃんとダブルデートをしてくれないか？」

ようやく全貌《ぜんぼう》が見えた。

まゆ子は猿賀谷とお近づきになろうと、照れながらも頑張っているようだが。しかしながら相手が中々一筋縄《ひとすじなわ》ではいかない奴のようである。

「最初に言ってた俺に用って、その話だったのか？」

てっきりいつも通り、ためにならないエロ話につき合わされるものだと思っていたが。

「ご明察。ってなわけで、十色ちゃんにも聞いておいてくれるか？　春日部の話は一旦《いったん》オレが引き取らせてもらおう。なぁに、数日ありゃあ何かは仕入れられるだろう」

ちょっと話を聞きにきただけなのに、面倒《めんどう》なことに巻きこまれてしまった気がする。ただまぁ、背に腹は代えられない。

どこか楽しそうな表情でラーメンをすする猿賀谷を見ながら、俺は大きく一つ息をついた。

＊

食堂からの帰り、猿賀谷と別れ、人通りの少ない校舎の外の道を選んだのは、とある考えのもとだった。

奴が現れたのは、予想通り。

しかし、それでも驚《おどろ》いてしまったのは、奴が急に背後に登場したからである。

「話は聞かせてもらったよ！」

「うおっ、びっくりしたぁ！　いきなり出てくるなよ」

びくっと肩《かた》を上げて振り返ると、そこでは十色が「にししし」と笑いながら立っている。

「やった、作戦成功だ！」

「お前、どうやっていきなり後ろに……」

「そこのね、茂《しげ》みに隠れてただけだよ？」

俺が今しがた歩いてきた道の、脇《わき》にある植えこみを、十色が指さす。

「中々低い木だぞ、よく隠れられたな！　え、忍者《にんじゃ》？」

「ふっふっふ。まぁ、これくらい朝飯前だニン。余裕だニン」

「いや、いくら忍者でも語尾《ごび》にニンはつけねぇだろ。もっと忍《しの》べよ」

俺がツッコむと、十色はまた嬉しそうに笑う。

ほんとにその低い茂みに隠れていたとすると、間違《まちが》いなく十色の身体がひょこひょこ見えていたはずである。俺も気づけよ。

「というか、先に隠れてたのか。よく俺がこの道通るってわかったな」

「そりゃあ、なんでもお見通しですよ。大切な彼氏さんのことは」

うりうり、と十色が肘《ひじ》で俺の身体をつついてくる。うざい……。

「ていうか、そもそも正市がこの道を選んだのは、わたしが昼休みに接触《せっしょく》してくると踏《ふ》んでたからでしょ？」

「ああ、まぁそうだが」

「じゃあ、彼氏さんも彼女のことをわかってたってことだ。うりうり」

また十色の肘がつんつん脇腹《わきばら》を攻撃《こうげき》してくる。

俺は彼女の肘を受け入れながら、ふむと考える。

食堂で猿賀谷と話していた際、鋭い視線を感じたのだ。周囲を見回すと、遠くのテーブルで食事をしている十色の姿を見つけた。偶然《ぐうぜん》、十色のグループも食堂でお昼を食べていたらしい。

十色の強い視線の意味。それはもちろん、普段教室で一人、お昼を食べている俺が、なぜ食堂に？　だろう。きっと、何を話しているのか気になって、こちらを見ていたのだ。

ならば、彼女の性格的に、すぐに直接訊きにくるはず。それを見越《みこ》し、あえて十色が近づいてきやすいように一人になっていたのだ。

しかし、十色もその俺の行動を予想し、さらに帰り道のルートまで読んできた。

「考えてみりゃすごいな。息ぴったりかよ。俺たち」

つい感心してしまい、呟くように俺は言った。

すると、執拗《しつよう》につんつんを続けていた十色の腕がぴたりと止まった。

「息ぴったり……」

ん？　と思い、十色の方を見れば、何やら俯《うつむ》き加減に口元をもにょもにょさせている。

「いや、なぜ照れる」

「て、照れてないし！　やー、あっついねー、最近温暖化ひどくなーい？」

十色は身体の前でばばばっと手を振ったあと、ぱたぱたと顔を仰《あお》ぐ仕草を見せる。

「温暖化は今に始まったことじゃないだろ……」

俺がそう返すと、十色は「あっれー？　わたしの周りだけ？」などと目を泳がせている。

動揺《どうよう》しすぎだろ。息ぴったり、がそんなに恥《は》ずかしい言葉だっただろうか。

幼馴染《おさななじみ》として、これまでも言われ続けてきたはずだが……。

最近の記憶だと、夏休みのバイトでホットドッグを量産して褒められた。あのあと無性に食べたくなって、休憩時間《きゅうけい》にレジに買いに行ったんだよな。俺がレジに向かうと、すでに十色がいて一本買っていた。息ぴったりじゃねぇか。

「そ、それより本題！　もうすぐ昼休み終わっちゃうから！」

十色がこの空気を誤魔化《ごまか》すように、勢いよくそう言った。

それもそうだ。俺もそちらに思考を引き戻《もど》す。

「ていうか、『話は聞かせてもらった』って言ったか？　そんなに近くまできてたのか？」

以前にも一度、同じようなセリフで登場してきたことあったな、などと思いつつ俺は訊《たず》ねる。

「一瞬《いっしゅん》。食堂の自販機《じはんき》に行くとき。十色ちゃんって聞こえたよ」

気づかなかった。確かに、食堂の奥にはワンコインでカップのジュースを販売《はんばい》する自動販売機《はんばいき》が設置されている。いつの間にか、俺の背後を通って移動していたらしい。

だが待て。

「お前、聞かせてもらったって、自分の名前が呼ばれてる部分だけかよ」

「うん、そうだけど。でも、わたしに用があると見た」

……まぁ、正解だ。なんだか一枚上手をいかれているようでちょっと悔しい。

「それで、猿賀谷くんと真剣《しんけん》に、なんの話してたのさ？」

訊かれ、俺は猿賀谷から頼まれた、ダブルデートの話を十色に伝えた。聞きながら、十色は「ほえー」と少し驚いた声を漏らす。

「まゆちゃん、全然そんな話してなかった。えー、そうだったんだ」

「女子グループの中ではまだ言ってなかったのか。てっきり相談なんぞしてるものと思ってたが」

「初耳だよ、初耳。まゆちゃん。自分のことになると照れ屋だから」

いつもテンション高く、特に恋愛《れんあい》話になると俄然《がぜん》張り切っている印象があるが、それは他人の恋愛に関してだけらしい。知らなかった。俺たちのこともそっとしといてほしい。

爛々《らんらん》と光る目でこちらを監視《かんし》するまゆ子の姿を俺が思い出していると、

「……でも、そっか。まゆちゃんも頑張ってるんだ」

そう十色がぽつっと呟いた。

「まゆちゃんも？」

少し気になって俺が訊き返すと、

「あー、正市、細かい男子は嫌《きら》われるよー？」

そう言って十色が、また腕をうりうりしてくる。

そのとき、昼休み終了《しゅうりょう》前の予鈴《よれい》が鳴り始めた。「あっ」と俺たちは目を合わせ、それからどちらからともなく教室へと歩き始める。

結局、昨日も今日も昼休みは休めなかったな……。

「ダブルデートの件は了解《りょうかい》したよ。まゆちゃんの背中を押《お》してあげたいし。他の友達も入れてたくさんで遊ぶよりは、四人だけの方が猿賀谷くんとの距離《きょり》も縮まりそうじゃない？

……あ、正市は大丈夫《だいじょうぶ》？　休日潰《つぶ》れちゃうけど」

「俺は大丈夫だ。十色も問題ないって、猿賀谷に伝えとくよ」

そもそも俺と猿賀谷の間の交換《こうかん》条件に十色を巻きこんでいる形なのだ。俺はもちろん行かせてもらう。わー、ダブルデート楽しみだなー……。

まゆ子の恋の行方《ゆくえ》が、少し気になるというのも正直あるが。

「今週は土曜のうちにアニメの消化とか終わらせるかー」

俺がそう言うと、十色が「らじゃ！」と返事をした。

☆

教室への帰り道。正市の隣を歩きながら、わたしは密《ひそ》かに考える。

――まゆちゃんと一緒なら、また恋人ムーブをしっかりしないとだ。ファビュラス様の占《うらな》い結果の疑惑《ぎわく》は晴れたかもしれないけど、あの子、恋愛事となると細かくツッコんでくるし。

うんうん。

仕方ない。

ダブルデートはもっと、恋人っぽく振る舞《ま》わないとだな。

これはきっと、正市をドキドキさせるチャンスだ――。

〈5〉 咄嗟の恋人ムーブ、まゆ子には効果抜群だ！

日曜日。天気はまさにアウトドア日和。残暑しぶとく、日中はどんどん気温が上がっていく予報らしい。

「ねね、正市《まさいち》！　今週のサンデーは太陽さんさんDay。なんつって」

「……呼び止めた割にクオリティ低いな」

「精進《しょうじん》します」

そんなやり取りをしながら、俺《おれ》たちは二人で駅に向かう。

集合場所は駅前ロータリー。そこからバスに乗る予定である。

雲一つない真っ青な空に、朝の澄《す》み渡《わた》った空気。基本朝に弱い十《と》色《いろ》も、今日は幾分《いくぶん》かしゃっきりしている気がする。……親父《おやじ》ギャグのキレはないが。

俺は後ろから走ってきた軽トラックを見て、口を開く。

「トラックに乗っていくと、らっく（楽）だなー」

「いやいや、トラックは乗りにくいでしょ」

「おやじギャグの部分に触《ふ》れてー」

俺の涙《なみだ》ながらの訴《うった》えに、十色が「あはは」と笑う。今のズレたツッコミは確信犯か。中々自信作だったんだけどな、トラック……。

そんなやり取りをしているうちに、駅舎の屋根が見えてきた。

今日は猿賀谷《さるがや》たちとの、ダブルデートの日だ。

気合いを入れてか、十色は一軍の格好。足元にスリットの入ったレーヨン地のブラウンパンツに、大きめの白のロンT。そこにスポーティなボディバッグをつけて、上半身を引き締《し》めて見せている。栗色の髪《かみ》は後ろをちょこんと二つ結んで小さなツインテールを作っており、露《あら》わになった耳では小花型のピアスが光っている。

一方俺も、十色セレクトの服装を身に着けている。淡《あわ》い色のゆとりのあるデニムパンツに、白いシャツ、ネイビーの薄手のナイロンジャケット。

そして、靴《くつ》は俺が十色の誕生日にプレゼントしたおそろいのスニーカーを、二人で履いていた。

……やっぱり気合い入ってるな。

にしても、自分がダブルデートなんてものに巻きこまれる日がくるとは。

そもそもデートというもの自体、俺はまだはっきりとわかっていない。十色とショッピングモールに行ったりしたことはあったが、ほぼいつもの遊びみたいな感じだったし……。

それが、今日はダブルだ、倍だ。だからといって何が変わるのかは不明だが。しかしここで問題は、俺たち四人、誰も恋人《こいびと》同士ではないということだ。……これってデートって言っていいのか？

カップル同士が交流しつつ仲よく遊ぶ、という一般的《いっぱんてき》なダブルデートと呼ばれるものとは事情が異なる。形式的には、クラスメイトの男女が集まって遊ぶといったところに留《とど》まっている。……ただの遊び、だな。

ただしその中に、さまざまな想《おも》いが詰《つ》まっていて――。

そんなことを、歩きながら考えこんでしまっていた。

俺の着ているナイロンジャケットが、何かに触れてかさりと鳴る。

はっとして見れば、なぜか十色が俺の方に距離を詰めてきていた。

「……どうした？」

俺が訊ねると、

「ん？　予行演習」

歩きながらごく普通な調子で、十色がそう返してくる。

「予行って、なんのだよ」

「えー、決まってるじゃん。恋人ムーブだよ」

言って、さらに肩を寄せてくる十色。

「相手はあのまゆ子《こ》ちゃんだからね。念には念を。練習しとかないとね。うん」

最後はなぜか自分に言い聞かせるように頷《うなず》きつつ、俺の真横をキープしてくる。

確かに、まゆ子に仮初のカップルを疑われると、かなりやっかいなのは知っているが。にしても、練習まで必要だろうか。このまま寄り添《そ》って駅まで行くのか？

「朝からなんかイチャイチャしてる奴《やつ》いるな的な、通行人の視線がぷすぷす刺《さ》さってるんだが……」

俺がそう漏《も》らすと、

「わたしたち、カップルに見えてるのかな」

十色がそんなことを訊ねてくる。

「まぁ、見えてるんだろうな。きっと。男どもの視線に羨望《せんぼう》のような、一歩間違えたら呪《のろ》いのようなものを感じるし」

俺は正直な感想を述べる。すると十色が、

「……そっか。そっかそっか」

と、なぜかにやにやとした表情で俺の顔を覗《のぞ》いてきた。どこか嬉しそうにすりすりと、さらに肩を寄せてくる。なんなんだ……。

特殊《とくしゅ》な形のダブルデートに、積極的に仕かけなければならない恋人ムーブ。

今日がどんなふうになるのか、俺には全く想像ができなかった。

＊

駅前にはすでに、猿賀谷とまゆ子が集まっていた。

「おーい、こっちだぞー」

こちらの姿を見つけ、ぴょんぴょん跳びながら手を振ってくるまゆ子。ミルクティー色のツインテールもぴょこぴょこ跳《は》ねている。

俺の横で十色が背伸《せの》びをして手を振《ふ》り返し、そのあと駆《か》け足で近づいていった。

「ごめーん、待たせちまったねー」

「おうおう、待ったぜぃ？　あっ、といろん、ツインテール！」

「うん！　約束通りおそろいにしてきたよ！」

二人は近づいて、「「いえーい、かんぱーい」」とツインテール同士をぶつけ合う。なんだそれ。

「いやぁ、正市の旦那。今日はわざわざ悪かったな。感謝するぞ」

俺がじゃれ合う女子たちを眺《なが》めていると、隣《となり》に猿賀谷が並んで話しかけてきた。

「いや、いいんだ。十色もノリノリだしな」

「そうかい、そりゃあよかった。オレたちも負けじとテンションを上げていこう。えーと、ぶつけ合うとしたら……」

「いや、そこまで真似《まね》しなくてもいいだろ。そしてなぜ俺の下半身を見る」

シンプルに気持ち悪いからやめてくれ。

「にしても旦那、今日は中々決まってるじゃあないか。それは十色ちゃんのチョイスかい？」

「ああ、まぁ。お前も――」

答えながら、猿賀谷の全身にちらりと目をやる。

ジャストサイズの緑のポロシャツに、インディゴのデニムパンツを合わせ、キャンバススニーカーを履いている。そして、前頭部に乗せられた、サングラス。

俺にサングラスをかける友達がいたなんて……と、妙《みょう》な感心の仕方をしてしまう。

とても大人っぽいファッションだ。それが奴の体格、顔、雰囲気《ふんいき》にぴったりマッチしていた。

「似合ってるな」

俺が言うと、猿賀谷が「おお、サンキューな」とニカッに笑ってくる。おおう……なんだこの無駄《むだ》な清涼感《せいりょう》。ほんとになんで、こんな爽《さわ》やか男子が俺の友達なのか。……彼も中身がオタクだからなのだが。

「そんじゃ、みんな揃《そろ》ったことだし、出発だー」

そうまゆ子が明るい声を上げ、俺はそちらに視線を戻す。

袖《そで》にフリルのついた甘《あま》めの白ブラウスに、ルーズなオーバーオールでカジュアルダウン。肩からは小ぶりなポシェットをかけている。全体で元気な少年感を醸《かも》し出しているが、要所要所でレディライクに決めている、非常にまゆ子らしい服装だ。

「およ？　真園《まぞの》っち、どしたんだ？」

俺に見られているのに気づき、まゆ子が小首を傾《かし》げる。

「い、いや、なんでも」

俺は慌《あわ》てて首を振りながら目を逸《そ》らす。すると猿賀谷が、

「旦那はまゆ子ちゃんの可愛《かわい》い私服姿に見惚《みと》れてたみたいだぞ」

にやにや笑いながら、要《い》らぬことを口にした。

——おいお前何言いだしてんだ！

俺が否定の言葉を発そうとした瞬間《しゅんかん》、隣から鋭《するど》く刺すような視線を感じる。

――さ、殺気⁉

慌てて振り向くと、十色がこちらを見ながら目を細めて笑っていた。……いや、違《ちが》う。目の奥《おく》が笑っていない。細い隙間《すきま》から深い色をした瞳《ひとみ》が真剣に俺を捉《とら》えている。

「正市？　よくもまぁ彼女《かのじょ》がいる前で」

十色さん？　それ、いつもの『嫉妬《しっと》する恋人ムーブ』ですよね？

俺は助けを求めるように、事の発端《ほったん》であるまゆ子の方に目を向ける。

ふにゃふにゃしていた。

両手で頬を押さえ、何やら身悶《みもだ》えするようにくねくねと上半身を動かしている。

「か、可愛いなんて……そんな、ううぅ」

十色もそんなまゆ子を見て、毒気の抜《ぬ》かれたような表情に。俺と顔を見合わせる。明らかに様子がおかしい。

猿賀谷に褒《ほ》められて、照れると、いつもの調子が出せないのか……？

その猿賀谷は、「はっはっは、可愛い女の子の私服姿を見れて眼福ぷくぷく」と呑気《のんき》に笑っていた。足を踏んでやりたくなる。

こうして前途《ぜんと》多難《たなん》な予感たっぷりで、ダブルデートが幕を開けた。

＊

本日の目的地は、『花と動物　ふれあいファーム』という牧場だった。提案者はまゆ子である。

『涼《すず》しくなってきたし、屋外ならみんなでわいわいできるしな、丁度いいかなと思って』と、一昨日の休み時間に聞かされた。

特に異論はないし、異論を唱えられるほどの経験も知識もなかった。普通のカップルがデートでどこ行くかとか知らないし……。

十色も『いいねいいね、うさぎ、アルパカ、カピバラ。もふもふ三昧《ざんまい》』と盛り上がり、あっさりと行先は決まった。

バスに乗る前にコンビニに寄って、それぞれ買いものをする。お菓子《かし》やジュースを選ぶ猿賀谷とまゆ子に対し、朝ご飯を食べていない俺と十色はパンやおにぎりなんかの軽食にお茶をチョイスする。

買いものを済ませ、俺たちはバスに乗りこんだ。自然とカップル同士（厳密に言うと違うが）、俺と十色、猿賀谷とまゆ子が隣《となり》り合って座る。

調べてみると、移動時間は四〇分ほどのようだ。

「あ、あの、ほ、本日はお日柄《ひがら》もよく、非常にピクニック日和《びより》。きっと、さ、さ、猿賀谷くんが晴れ男なんだね――」

「はっはっは。誘ってくれてありがとな、まゆ子ちゃん」

「は、はいぃ！　ありがとございますっ！」

そんな不器用なまゆ子と、猿賀谷の会話が、前の座席から聞こえてくる。俺は隣の十色とまたしても顔を見合わせた。

「やっぱりおかしいよな、まゆ子」

「一抹《いちまつ》の不安を感じるね……。まぁ、初デートだから……」

ちなみに『お日柄もよく』は天気を指して使うワードではない。縁起《えんぎ》のいい日＝大安吉日《たいあんきちじつ》のことを言う言葉である。緊張《きんちょう》からの誤用か、知らないだけなのかはわからない。

「え、えっと、さ、猿賀谷くんは普段《ふだん》どんなところで遊ぶの？」

「街の方の、ファッションビルとか、百貨店のブランド売り場とかが多いか。服とか結構好きでな。あと、休日のあの辺りは綺麗《きれい》なお姉さんがわんさかいるってもんだ」

「へー。やっぱり猿賀谷くん、目のつけどころが違うんだね！」

バスが動きだすと、今度はそんな会話が流れてくる。

「ほんとに大丈夫か、まゆ子の奴」

「あー、ちょっと、とてつもない不安を感じるね……」

恋は盲目《もうもく》というやつなのだろうか。

猿賀谷が変態行為《こうい》に走らなければいいが……。そんなことを考えながら、俺はシートに腰《こし》を落ち着ける。十色もそれに倣《なら》い、背もたれに身体を預けた。

数分ほど、バスに揺《ゆ》られていたときだった。

「ふー、疲《つか》れたなー」

そんな声と共に、十色が俺の肩に頭をこつんと乗せてきた。

──なっ。

俺は思わず身を強張《こわば》らせる。十色の髪が首元の肌《はだ》に触れてくすぐったい──が、俺は固まったまま、なんとか口を動かす。

「疲れたって、まだ出発したばかりだぞ」

「んー。早起きしただけでやりきった感がすごいからねぇ」

ちらりと横目で窺《うかが》うも、十色の表情は見えない。

「……これは恋人ムーブか？」

「そうだねぇ」

十色はのんびりとした口調で答えながら、俺の肩にフィットさせるように頭をもぞもぞと動かす。どうやらこの体勢を続けるつもりらしい。

さっきの予行演習といい、なんだか今日は積極的だ……。

俺も仕方なくその格好で、ゆっくりと身体の力を抜こうとする。

「へいへいお二人さん！　何イチャイチャしてるんだ？　公衆の面前だぞう？」

突然《とつぜん》、前の座席の上から、まゆ子がぬっと顔を出してきた。

「きゃっ」

十色がばばっと慌てて身体を起こす。

「おうおう、お邪魔《じゃま》しちゃったかい？」

まゆ子は猿賀谷との一対一の会話から逃《に》げてきたらしい。猿賀谷と話していたときよりも少し低い、どこか奔放《ほんぽう》さを孕《はら》んだハスキーボイス。

一方、十色はなぜか照れたように、顔を真っ赤にしていた。まさにこういうときに見せつけるための、恋人ムーブだったはずじゃ――。

「び、びっくりしたー。だ、誰も見てないからいいかなーと思って」

「す、隙《すき》あらばイチャイチャだと……。なんという恋人力……」

「ふっふっふ、まゆちゃんにわたしたちの恋人力が計測できる？」

なんとか体勢を立て直してきたらしい十色。

「ううっ、ピンクのキラキラ粒子《りゅうし》で目が、目がー」

「何言ってんだ、お前ら」

俺は思わず冷静にツッコんでしまった。

まゆ子は首をぷるぷる振って目をぱちぱちとさせ、それから自らを落ち着かせるようにふぅーと息を吐《は》いた。

「さすが、といろんたちだ。今日はたくさん見習わせてもらおう」

疑われているわけではない。だけどそういう流れになってしまうのか……。

「い、いや、まだつき合い始めて半年くらいだし、あまり期待は……」

まゆ子の勢いに日和《ひよ》ったか、十色が若干《じゃっかん》引き気味にそう返す。

「なーに言ってるの！　さっきの、彼氏《かれし》の肩に頭こつん、中々だったぞ」

「あ、あれくらいは別に普通の……」

「あ、あれで普通？　いったい二人はどこまで……。ますます今日が楽しみだ」

にやりと口《くち》の端《はし》を上げ、目を光らせるまゆ子。

一応、まゆ子の抱《いだ》いていた俺たちの関係についての疑惑はもう晴れているらしい。ただし、今度は逆に変なところで期待されている。そういえば、まゆ子は恋愛関係の話が大好きな、恋に憧《あこが》れる女の子だと、十色から聞かされていた。

「そ、そういう意味で言ったんじゃ……」

十色が苦い表情を、こそっと俺に向けてくる。

今日のダブルデートもいろいろと苦労しそうだ。

「まゆ子ちゃーん」

前の席から、猿賀谷がまゆ子を呼ぶ声がした。

「はっ、はいっ」

びくっと飛び上がるように、まゆ子が返事をする。

「あんまり熱々のお二人さんの邪魔をしちゃあ悪いってもんだ。こっちで二人、お菓子タイムとしゃれこまないかい？」

「う、うん」

半音上がって少しか弱い、女の子らしい声音《こわね》だった。素直《すなお》に前の座席に戻っていく。俺と十色は思わず、腰を上げて背もたれの上から二人を覗いた。

「いろいろとお菓子を買っておいたんだ。何から食べる？」

「あ、ありがと。ど、どれにしようかな」

「こっちのチョコとか、新発売だ。どうだい？」

「あっ、自分で取るよ！　あ、あ、ありがと」

猿賀谷から一粒《つぶ》のチョコを差し出され、両手で恭《うやうや》しく受け取るまゆ子。じっとチョコを見つめるその頬《ほお》が、心なしかちょっと赤い。

思わず俺はこくっと唾《つば》を飲んだ。

――これは、なんていうか……。

「なんていうか……きゅん、だね」

隣で十色がぽつっと言った。

俺も、ほぼ同じ感想だった。

「まゆ子……推《お》せるな」

なんというか、全力の青春アニメを目の前で見せられているような。主人公の女の子がこんな初々《ういうい》しい恋をしていたら、応援《おうえん》せざるを得ないだろ。きっとハマって円盤《えんばん》まで買っちゃうレベル。

「それ！　推せるおせる」

十色もこくこく俺に頷き、もう一度二人の方を見る。

「応援しないとだ……」

彼女のその呟《つぶや》きに、俺も完全同意だった。大変なダブルデートの中でも、まゆ子と猿賀谷の関係についてはそっと見守っていたい。

俺はゆっくりとシートに腰を下ろす。一方十色は、しばし立ったまま二人の方を窺っていた。

……あの視線。

十色さん、完全に新作のチョコを狙《ねら》ってますね……。

＊

そうこうしているうちに、目的地に到着《とうちゃく》した。俺はバスから降り、だだっ広い駐車場《ちゆうしやじよう》で大きく伸《の》びをする。丘《おか》の上の高台までのぼってきており、吹《ふ》き抜けていく涼しい風が心地《ここち》いい。

「はー！　気持ちいいねー」

俺の隣に並んだ十色も、両腕《りようう で》を広げて深呼吸をする。Tシャツでその胸を張り出すようなポーズは……猿賀谷が目を細めてこっちをガン見してるぞ。

「あっち、景色すごいぞ」

俺が後ろの方向を顎《あご》で示すと、十色は腕《うで》を下ろしてくるっと振《ふ》り返る。俺は密かに息をついた。

「おー、ほんとだ！　綺麗だねー」

木の生い茂る峰《みね》がいくつにも連なり、遠くとおく続く山並み。その雄大《ゆうだい》さに思わず圧倒《あっとう》される。見ごろには少し早いようだが、ところどころの葉が色づき始めており、秋の訪《おとず》れが感じられる。

普段、スマホやテレビの画面ばかり見ているせいか、こんなに遠くを眺めるのは久しぶりに感じた。目の緊張がじんわり緩《ゆる》むような感覚を覚え、自分が日常で目を酷使《こくし》していたことに気づかされた。

「こりゃあ最高だなぁ」

そう言いながら、猿賀谷は駐車場の端《はし》の方へ歩きだす。

俺と十色もそのあとに続こうとしたとき、ちょこちょこと小走りでやってきたまゆ子が十色の隣に並んだ。

「……た…す…ちゃった」

ぽそぽそと何か、声にならない声が聞こえてくる。

「ん？　どしたの？」

十色が軽く首を傾げながら訊《き》き返す。

俺も気になって目を向けると、まゆ子はなぜか俯きながらとぼとぼと歩いていた。

「……食べすぎちゃった、どうしよう……」

「食べすぎた？　あ、もしかしてお菓子？」

十色が訊き返すと、まゆ子はこくっと小さく頷く。

確かにバスの中で、猿賀谷とプチお菓子パーティらしきことをしていたみたいだが……。

「どうしよう、お腹《なか》出ちゃう……」

「大丈夫だよ。オーバーオールだから目立たないし」

「ほんとに？　でも今お腹へこましてるから見えてないだけだ。力抜いたらやばいかも」

「わかんないって。一回わたしが見たげるよ」

まゆ子がちらと辺りを見回すように顔を上げる。目が合って、俺は慌てて反対の方向に視線を飛ばした。

「ほい、力抜いてー、緩めてー、ふー」

そんな十色の声に合わせて、まゆ子が息を吐く音が聞こえてくる。

「ど、どう？　セーフ？」

「セーフだよ！　セーフセーフ。自信持って脱力《だつりょく》していいよ！」

どうやらまゆ子のお腹は問題なかったらしい。俺もなぜか、ふーと力を抜いてしまう。

「にしても、まゆちゃん、自分の恋《こい》に関しては乙女《おとめ》だよね」

十色がにやにやと笑いながら、まゆ子に言う。

するとまゆ子が、わざとらしく目を丸くしたきょとん顔をみせた。

「こ、恋？　ななななんのことだ？」

「え、誤魔化せると思ってるの？」

確かに、まゆ子の口からはまだ、猿賀谷のことが気になるなんて話は聞いていないが。

しかし、その行動からは、彼女が恋に落ちていることは誰《だれ》が見ても明白である。

「今日だって、最初は猿賀谷くんと二人で遊びたくて声をかけたんでしょ？　なんだかんだあって、こうなっちゃったみたいだけど……。でも、わたしと正市はまゆちゃんのサポートするから、安心して」

十色に目で合図をされ、俺はこくこくと頷いてみせる。

まゆ子は十色と俺を順番に見て、かぁっと顔を赤くした。視線を下げ、ほっぺたを両手でぺたぺたと押さえる。

「あ、あたしが恋なんて、似合わないこと、するわけ……」

「まだ言うか！」

駐車場が広くてよかった。猿賀谷はこちらのやり取りに気づかず、スマホで呑気に山の写真を撮《と》っていた。

☆

本物のカップルみたいなことをして、正市をドキドキさせたい。

そんな企《たくら》みに張りきっていたわたしだけど、さっそくバスでは失敗してしまった。

アニメや漫画《まんが》で見たことのある、疲れたヒロインが主人公の肩《かた》に頭を預けて寝《ね》てしまうやつ。あれをやって、あわよくば正市の反応を観察してやりたいとまで思ってたんだけど……まさかまゆちゃんがあそこで覗いてくるなんて。恥ずかしくて思わず変な声を出してしまったじゃないか。

一旦《いったん》、仕切り直しだ。

バスを降りたわたしは、そうこっそり気合いを入れ直した。頑張《がんば》るぞ、って思ったのだ。

だけど、なんで……まさかこんなに早く第二の壁《かべ》にぶつかるとは。

駐車場から牧場のゲートまで、長い坂道が続いていたのだ。

「正市の旦那《だんな》、息が上がってるぞ」

「ふ、普段こんなに運動しないから……」

猿賀谷くんの声に、正市が息も絶え絶えに返答する。

「といろん、もうすぐゴールだよ！　ほら、歌ってあげよう。あーるーこー、あーるーこー」

「わたしは元気じゃないよう……」

まゆちゃんが歌う童謡《どうよう》に、わたしは泣き言を返した。

「お二人さん、こんなの山道とも呼べない、なだらか道だぜ。例えるなら、A……いやBカップくらいか」

「二人とも、体力なさすぎ……。はっ、そういうところが一緒《いっしょ》なのも、カップルとしては大切ってこと？　メモメモ……」

ツッコむ人がいないからか、猿賀谷くんとまゆちゃんは自由なことばかり言っている。

この二人、結構気が合うんじゃ……？

そんなことを考えていると、ちらりと、前を歩く正市がわたしの方を振り返ってきた。

それに気づいたわたしは、顔を上げ、にへっと笑《え》みを浮《う》かべてみせる。

幼い頃《ころ》、病気がちで身体が弱かったわたしを、正市は今も心配してくれるのだ。わたしはこうして『心配ないよ』と、明るくサインを送る。

やがて、牧場の入口に到着した。

わたしや正市が呼吸を整えている間に、猿賀谷くんがまとめてチケットを買ってきてくれる。

「といろん、年パス売ってるぞ！　三回きたら元が取れるけど、どうする？」

まゆちゃんがはしゃぐようにゲートにある看板を指さして言う。

「エスカレーター、もしくは歩く歩道ができたら検討するよ」

「山にそれを求めるって、もうくる気ないだろ……」

だって、疲れてるときにそんなこと訊かれても、中々いい返事できないよ……。お昼ご飯を食べてすぐ、晩ご飯の話をされたときのような気分、って言ったらわかってくれるだろうか。

それぞれ猿賀谷くんに入場料を渡し、チケットを受け取る。

そしてようやく、わたしたちは牧場へと足を踏《ふ》み入れた。

さっそく歩道の左手に白い柵《さく》が現れ、そのむこうは広大な草原が続いている。少し歩くと、遠くに牛、反対側の柵にはポニー、曲がり角に設置された小屋にはウサギなど、さまざまな動物が姿を見せ始めた。

ウサギはふれあいもできるみたいだけど……ちょっとまだその余裕《よゆう》はない。息があがっているのだ。

わたしが遠目に動物を眺めていると、隣の正市が声をかけてきた。

「十色、今日は俺も恋人ムーブを考えてきたんだ」

わたしはむむっと正市に顔を向ける。

「……どんな？」

「いや、シンプルなんだけどな。歩き疲れたときにやろうと思っていたやつなんだが――」

言いながら、正市は辺りを見回す。近くには移動販売《はんばい》のトラックが停《と》まっており、軽食やジュースなんかを売っていた。正市は前を進んでいたまゆちゃんたちに聞こえる声で、こんなことを言いだした。

「十色、ちょっと疲れたし、ジュースでも飲まないか？」

「え、うん」

わたしが合わせて返事をすると、正市はすぐに移動販売の方へと向かっていった。そして、大きめのカップに入ったジュースを購入《こうにゅう》して戻《もど》ってくる。

「ほい、十色、先どうぞ」

そのときには、正市のやりたいことがわたしにもわかっていた。差し出されたジュースを受け取り、ストローを使ってちゅーっと飲むと、正市へ返す。

「ありがと。正市」

「ああ」

短く言って、今度は正市がジュースを飲む。ごくごくと飲み、ぷはっと息を吐いた。

これは、当たり前のように一つ飲みものをシェアする恋人たちのムーブだ。そして正市の狙い通り、まゆちゃんが「おー」とキラキラした眼差《まなざ》しをこちらに向けてきている。

「わー。これが熱々の恋人たちのなせる業《わざ》か」

と、まゆちゃん。

「やー、全然普通《ふつう》だけどねー」

ねー、と正市に振ると、大きな首肯《しゅこう》が返ってくる。実際、部屋で遊んでいるときも、一つのペットボトルを二人で回して飲んでいたりするしね……。

正市の作戦は成功である。

成功、なんだけど、わたしは密かに「むーっ」とした目を正市に向けてしまう。

――せっかく本物の恋人同士っぽく動こうと思ってるのに、『俺も恋人ムーブを考えてきたんだ』って、ムードが台無しだ！　ザ・仮初《かりそめ》、といったムーブではないか。

わたしは正市の手からジュースを取ってストローを咥《くわ》え、じゅうっと思いっきり吸ってやる。

「あぁっ、俺もまだ飲みたいんだが⁉」

そう慌てる正市をよそ目に、わたしはまたじゅじゅっと吸う。怒《いか》りの吸引だ。

そんなことをしていたときだった。

「なるほどなぁ……。よし、まゆちゃん、オレたちもちょっと休憩《きゅうけい》にするかい？　ひと休みして、アイスでも」

そう、猿賀谷くんが言いだした。

「う、うん、そうしよう」

「よぉし。あの、のぼりが出てる、牧場ソフトクリームってやつでぇいいかい？　オレが買ってこよう」

猿賀谷くんは移動販売のもとへ。そしてすぐに、なぜかソフトクリームを一つだけ買って戻ってくる。

これは……とわたしは眉《まゆ》を寄せた。これはあからさまにわたしたちのことを見て真似した、間接キスの作戦じゃないか？　正市も心配そうに眉を顰《ひそ》めている。

あまりにも見えみえだけど、どうなるのか。

「まゆ子ちゃん、買ってきたぜい！　一緒に食べよう」

そう言って、猿賀谷くんがソフトクリームを差しだす。

見ていると、まゆちゃんがそれを受け取った。小さな口で一口かじり、恭しく両手で返す。

「えっ」と、なぜか猿賀谷くんがびっくりしたような声を上げた。おっかなびっくり、という手つきでそれを受け取ったとき、

「あっ、さ、猿賀谷くん！　その辺、あたし口つけたから……その、間接キスになっちゃうから……。こっち、こっちの方は大丈夫《だいじょうぶ》」

まゆちゃんは頬を赤くしながら一生懸命《いっしょうけんめい》アイスを指さして説明しだした。

「お、おう、こっちからだな」

それに従い、まゆちゃんの食べ口に触れないよう小さくアイスに口をつける猿賀谷くん。アイスを舐《な》めてから、こちら――正市の方へすすすっと寄ってくる。

「な、なぁ、正市の旦那」

「なんだ？」

猿賀谷くんは心なしか頬が赤く、それでいてどういうわけか驚《おどろ》いたような顔つきだ。耳打ちをするような話し方だけど、その声はわたしの方にも漏れ聞こえている。

「まゆ子ちゃん、可愛ええんだが」

わたしと正市は目を見合わせた。

これは……まゆちゃんに風が吹いてる！

「お、おう。そう思うなら、それが正しいと思うぞ」

正市がそう答える。もっと押《お》せもっと押せ！　とわたしは心の中で正市に叫《さけ》ぶ。

「なんというか、アニメなんかに出てきそうなシチュエーションというか……。有《あ》り体《てい》に言えば……萌《も》え？　というか、そもそも一つのアイスを一緒にとか、断られると思っていたんだが」

これまでさまざまな女の子にアタック――ちょっかいをかけては無下に扱《あつか》われてきた猿賀谷くんは、今回もまゆちゃんに塩対応されることを覚悟《かくご》していたのかもしれない。それが簡単に受け入れられたことから思わず驚いていたようだ。

そうこう話している間にソフトクリームが垂れてきて、猿賀谷くんは慌ててきょとんとした顔をしているまゆちゃんの方へ戻る。

「まゆ子ちゃん、ヤバい！　この辺、舐めて！」

「ななな舐め⁉　えええっ⁉」

「ここは確か、さっきまゆ子ちゃんが舐めてたとこだろう？」

「え、や、あたしはこっち側だったと……あれ？　あっ、こぼれちゃう！」

そうわたわたする二人を見て、わたしはなんだかほっこりしてしまう。初々しいねぇ。

にしても、まったく正市は……。

しばらく猿賀谷くんたちはソフトクリームに手を取られていそうだったので、わたしはすぐ隣のウサギふれあいコーナーにお邪魔した。一匹《ぴき》のウサギにタッチする。もふもふだ。耳がぴょこぴょこ動いてる。癒《いや》される。ずっと撫《な》でてられる。ふわふわだ。わー、ウサギ最高。

と、他愛《たあい》もないことを考えていたときだ。

「十色。可愛いな」

背後から、そんな正市の声が耳に入った。

「えっ――」

わたしは反射的に振り返っていた。もしかしたら、さっきのまゆちゃんたちみたいに頬が赤くなっていたかもしれない。

「な、なんだいなんだい急に――」

本音の想《おも》いを漏《も》らす猿賀谷くんに影響《えいきょう》でもされたのかい？

そう内心ウキウキするわたしの前で、正市は不思議そうな表情をしていた。

「や、あ、可愛いってウサギ……」

「――っ、もぉっ！」

やばい、顔が熱い。

勘違《かんちが》いに気づき（このシチュエーションで間違《まちが》うわたしがバカだけど）、わたしは恥《は》ずかしさを誤魔化《ごまか》すように正市の二《に》の腕《うで》を軽くパンチするのだった。

ジュースとソフトクリームで少し休憩?を挟《はさ》んだわたしたちは、やっと動物を見て回り始めた。

「わっ、この牛でかっ。見てみて正市」

「ホルスタイン、か。白と黒のまだら模様の一般的《いっぱんてき》な乳牛らしい」

「待って、モルモットがいるよ！　やばっ、可愛い！　けしからんなーこのもふもふ！　触《さわ》りたいなー」

「ハムスターと似てるが、生態は結構違うみたいだな。モルモットは完全草食で、回し車を使っての運動なんかもしないらしい」

「あ、通路にカメ！　大きい！」

「リクガメだな。放し飼いにしてるのか。どっかに説明あるのかな。……ていうかお前、もふもふのない動物の感想はサイズのことしか言ってないぞ。あと、テンションにも差がありすぎるだろ」

やー、やっぱしないよりはある方がいいじゃん？　毛。

わたしが動物を見るのに夢中になっている間、正市は柵に掲示《けいじ》してある動物たちの説明をしっかりと読みこんでいる。こういうところでも勉強熱心みたいだ。そういや意外と、水族館とか動物園とか、正市とはまだ行ったことないなぁ。牧場ももちろん今回が初めてだし、まだわたしたちにも未経験なことがたくさんある。

「あっ、大きい豚《ぶた》だよ！　フゴフゴ言ってる！　鼻息すごい！」

「もう見たまんま豚！　って感じだな。えーと………ん？　ミニブタ？」

書かれている名前を見て、正市が眉を顰める。

「全然ミニじゃないねぇ」

わたしも不思議に思い、首を捻《ひね》った。

「えーと、『ミニブタ』とは、愛玩《あいがん》動物、実験動物として小型に改良した豚のこと。通常二〇〇kg以上になる家畜豚《かちくぶた》と比較《ひかく》して、そう呼んでいる。個体によっては一〇〇kgに育つことも……」

「一〇〇キロ⁉　それもう全然ちっちゃくないよ！　詐欺《さぎ》だよ詐欺！」

「詐欺じゃない。豚界じゃこいつはミニなんだ」

「せ、せめてもふもふしててくれたら……」

「お前、牧場にきてから全《すべ》ての基準がもふもふになってないか……」

そんなこんなエンジョイしながら、わたしたちは牧場を進んでいた。

楽しいけど……にしても、さっきの挽回《ばんかい》のチャンスがほしい。

そんなことを心の隅《すみ》で考えながら、次の動物へ移動しようとしていたときだった。

背後からぎろりとした鋭い視線を感じ、わたしはバッと振り返った。

正市も感じ取ったらしく、ハッと背筋を伸ばし、同じように後ろを向く。

まゆちゃんが目を細めて腕を組み、じぃっとわたしたちのことを見据《みす》えていた。

「どうしたんだ？　続けてつづけて」

つ、続けてって言われても……。

まゆちゃんの後ろでは、猿賀谷くんがヤギと一緒に自撮りしようと奮闘《ふんとう》している──スマホをかじられそうになって慌てている。何やってるんだ……。

「な、なんかすごい視線を感じたから。どしたの？」

そう、わたしは怖々《こわごわ》と訊《たず》ねる。

「ん？　カップルの観察」

観察、されてたのか。

「せ、せっかくだし動物を見た方が……」

まさか牧場にきて、観察される側に回ることになるとは……。

しかし、そんな言葉には取り合わず、

「……おかしい」

まゆちゃんはさらにじとっとわたしたちを見てくる。

「な、何がだ？」

正市が首を傾《かし》げ、わたしはこくりと唾を飲む。

「二人、カップルなのに手を繋《つな》いでない……」

またしても、と言いたくなる。しっかりと、疑いをかけられていた。

「や、やー、街歩いたりするときは繋ぐんだよ？　でも、こういう場所じゃ、遊ぶ方を優先しちゃうのが普通というか——」

「でも、他のカップルはみんな繋いでる」

まゆちゃんがちらと、目線で周囲を示す。それに促《うなが》され辺りを見回してみると、歩いて移動中のカップルたちは意外とかなりの確率で手を繋いでいた。

……そういうもんなの？　わたしたちが油断した？　でも、中には二人で手を自由にしてのびのびはしゃいでいるカップルもいるし——。

わたしがそう考えていると、まゆちゃんの声が続けて耳に入ってくる。

「もしかして、だけどな？　あたしや猿賀谷くんに遠慮《えんりよ》してるのか？　それだったら全然気にせず、手、繋いでいいからな」

「あー、そういう……」

正市が得心のいったような声を漏らす。

わたしもなるほど、と思った。また疑いをかけられている、というのはわたしの勘違いで、どうやらまゆちゃんはわたしたちに気を遣《つか》ってくれていたらしい。

よかった、とわたしは肩の力を抜《ぬ》く。

それなら、見せてあげればいいだけだ――。

「ありがと、まゆちゃん。じゃあ、お言葉に甘《あま》えて」

言いながら、右手でちょんと正市の左手の甲《こう》に触《ふ》れる。

「つ、繋ぐのか？」

正市がわたしの耳元で、小声で訊ねてくる。

「うん。だってまゆちゃん、そもそもはわたしたちが手を繋ぐのが見たくて、こっちを観察してたんだと思うし。頑《かたく》なに繋がなくて、また疑われだしたりしてもやっかいだし」

「なるほど……」

納得《なっとく》してくれたのか、正市が手を差し出してきた。まゆちゃんの目がキランと輝《かがや》くのがわかる。

だけど。

――俺《おれ》が上だったか？　――や、わたしからこうだよ。　――え、指絡《から》ませる感じか？

――あっ、や、デートっぽさ出すならこうかなって。

わたしたちは手を繋ごうとしたところで、お互《たが》いの指をわちゃわちゃと動かしてしまった。

普段はゆっくり確認《かくにん》しながら――もしくは勢いのままパッと繋いでいることが多い。打ち合わせなく、しかも注目されながら改めて繋げと言われるとスムーズにできなかった。

「ん？」

まゆちゃんがぴくりと眉を顰める。

まずい。

なんとか手は繋げたが、遅《おそ》かった？　今のは違和感《いわかん》ありまくりのムーブだった。慣れてないことがバレちゃう……。

――いや、でも、ここはチャンスだ！

わたしはぐいっと正市の手を引き、その腕を胸に抱き寄せる。

「えっ⁉」

と、正市が小さく声を漏らし、わたしの顔を見てくる。

「ふ、普段《ふだん》わたしたちこうじゃん！　手はあんまり繋がないよねー。基本、腕を組んでる感じ？」

わたしはそう言って、ぎゅっと俺の腕を抱き締《し》めて見せる。

──う、腕を組んだことなんて初めてだけど。

でも、これが本当の恋人《こいびと》ムーブだよ！

手を繋ぐのとは比べものにならない密着感。薄《うす》い服越《ご》しに、正市の体温が伝わってくる。

そして、その咄嗟《とっさ》の機転がうまく働いてくれたようで、

「……こ、これが、間近で見る生カップルの凄《すさ》まじさ。ドキドキしすぎて心臓がもたない。あたしゃもう歳《とし》か……」

まゆちゃんには効果抜群《ばつぐん》のようだ。なぜだか感動に打ち震《ふる》えている。

腕は解かないまま、わたしたちはぎこちなく歩き始めた。

──やば。めちゃくちゃドキドキする。こんなに引っついてたら、鼓動《こどう》が速くなってるの正市にバレちゃうかも。

その正市は、さっきから静かだ。見れば、動揺《どうよう》を隠《かく》すように唇《くちびる》を結びながら前ばかりを向いている。腕から意識を逸《そ》らそうとしてるのかな……？　どうなんだろ。

「……照れてる？」

そうわたしが訊けば、

「んなわけ！」

そんな慌《あわ》てたような返事が戻ってくる。

むぅ。どうなんだろ。こんなにドキドキしてるの、わたしだけなのかな……。

にしても、少しでも怪《あや》しいところ——綻《ほころ》びを見せると、まゆちゃんはすかさずツッコんでくる。

やっぱしダブルデート中、気は抜けないな——。

ぎくしゃくと歩きながら、わたしは考えるのだった。

＊

——めちゃめちゃ、緊張《きんちょう》したんだが。

手を繋ぐのですら、まだちょっとドキドキするのに。

初めて十色と腕を組んだ俺の心臓は、限界突破《とっぱ》するレベルで脈打っていた。

なんだあの、腕全体がふんわり包みこまれるような感触《かんしょく》は。少しでもあたる箇所《かしょ》がズレたらいけない気がして、肘《ひじ》を全く動かせなくなった。格闘技《かくとうぎ》なんかの関節《かんせつ》技をかけられる

より、よっぽどロックされてたぞ。その一方、全神経が腕に集中したように感覚だけは冴《さ》え渡《わた》っていた。

というか、結局また恋人ムーブ、十色に助けられてしまったな……。

そのままぎこちなく歩いていくと、少し開けたエリアに到着した。何ヵ所かに柵で囲われた空間が作られており、中には動物の姿が見て取れる。

看板には『ふれあい広場』と書かれていた。ここまでも動物に触れられるスポットは何ヶ所かあったが、ここでは動物に餌《えさ》をあげることができるらしい。腹をすかせた動物たちが、みんな柵のそばに集まってきていた。

「どうする？　餌やる？」

そうまゆ子が周りに訊ね、

「おう、与《あた》えちゃおう！」

と、十色が元気に拳《こぶし》を上げる。

そのとき、ぱっと腕が解放された。俺はひそかにふぅと息をつく。腕を覆《おお》っていたぬくもりが薄れていくのが、少しだけ寂《さび》しいが……。

俺たちは小型の自販機《じはんき》に一〇〇円を入れ、ひとまず羊の餌を購入した。

「これを使ってやるのか」

自販機の横に、プラスチックの深型手持ちスコップが置かれていた。羊の餌やりなんてやったことがない。はてさてどんなものか。

興味深く、スコップを手に取ったときだった。

こそこそと、何やら十色がこちらにすり寄ってきた。

「正市、こわーい」

わざとらしく半音高い甘えた声を、十色が発する。

「嘘《うそ》つけ。動物の餌やりとか、いかにもお前が好きそうじゃねぇか」

俺がそう返すと、十色が「むー」と頬を膨《ふく》らませる。

「あ、すまん。恋人ムーブか」

「さらに『むー』」

今度は声になってむーが飛んできた。

さておき俺は、柵の近くへと移動する。スコップに餌を入れて、顔を突《つ》き出していた羊の方に差し出してみた。

――瞬間《しゅんかん》。

俺は目の前に一匹の獣《けもの》を見た。

猛獣《もうじゅう》だ。

がつがつがつと、その歯でスコップをかみ砕《くだ》かん勢いで、羊が餌を奪《うば》っていく。衝《しょ》撃《うげき》で弾《はじ》き飛ばされそうになり、俺は急いでスコップを強く握《にぎ》り直した。

「えっ……」

横で餌の準備をしていた十色が、引いていた。一歩俺の方に寄りながら、恐《おそ》ろしいものを見るような目を羊に向けている。

珍《めずら》しい顔が黒色の羊が、すでに十色の持つスコップを狙って柵の隙間《すきま》から首を伸ばしてきていた。口を突き出し、横長の瞳孔《どうこう》で餌を一心に見つめている。

「ちょちょちょ、ほんとに怖《こわ》いやつじゃんこれ！」

「し、しっかりスコップ持ってれば大丈夫だ」

「ゆ、指、持ってかれない？」

「大丈夫。なんとかギリ、ノーダメだ」

「ギリギリ耐《た》えた感じ⁉」

驚愕《きょうがく》する十色に、俺は笑って「冗談《じょうだん》だ」と言った。手をグーパーしてみせる。

「遠くから眺《なが》める分には可愛《かわい》いんだけど」

「お前の好きなもふもふだしな」

「そう！　羊はだいたい三〇もふもふくらいあるね！　モルモットの六倍もふもふ」

「もふもふで換算《かんさん》しだした⁉」

十色が「あはは」とおかしそうに笑う。

「……まぁ、餌やりも慣れたら簡単なんだと思うぞ」

言いながら、俺は周りを見回す。他の客たちも、みんな羊の勢いに圧倒されつつも楽しそうに餌をやっている。子供だって平気そうで、むしろはしゃいでいる子もいる。

「そ、そっか」

十色は小さく頷《うなず》き、羊に向き直る。それから、恐るおそるスコップを差し出していく。

――ダメだ。そんなにびくびくしていたら、持ってかれる。

羊の口の先が餌に届きそうになったとき――俺は咄嗟の判断で横から十色の手をがしっと掴《つか》んだ。一緒にスコップを支えてやる。次の瞬間、手首にびりびりと衝撃が伝わってきた。羊ががつがつと、餌を貪《むさぼ》り始めている。

「あ、ありがと」

十色がちらと俺を見て、すぐにスコップに視線を戻す。そうそう。よく見ておかないと、指持ってかれちゃうかもしれないからな。

――結構距離《きょり》が近くて、そんなところからまじまじ見られるのが恥ずかしいというのも、あったりなかったりだが……。

餌はあっという間になくなり、羊は興味を失ったかのようにすーっとスコップから離《はな》れていった。あっさりしてるな。所詮《しょせん》飯だけの関係というのをまざまざ見せつけられた。

俺たちは二人して、ふぅーと息をつく。

「羊……食に対して貪欲《どんよく》すぎる……」

「毎日いろんな人に餌もらってるだろうにな」

と、十色と俺が話していると、横からまゆ子の声が聞こえてきた。

「さすがといろんと真園っち、息もぴったりだ！　カップル初めての共同作業、みたいな？　とてもいいものを見せてもらった！」

見れば、まゆ子がしゃがんで羊に餌をやりながら、こちらにうっとりとした目を向けてきている。

「まゆちゃん⁉　前、まえ！」

十色がびっくりした声を上げた。

「前？　ん？　ああ、羊？」

丁度餌《えさ》を食べ終えた羊が、ゆっくりと首をもたげた。まゆ子は余裕たっぷりに「おいしかったか？」などと話しかける。

「怖くないの？」

「うん。牧場とか動物園とか、結構きたことがあるからな。ウチ、弟と妹がまだ小学生だから、休みの日はそういうところに遊びにいってばっかり」

「なるほど、それで……」

「やーでも、といろんが怖がりすぎなんだよ。ほら、見てみそ」

まゆ子が親指を立て、くいくいっと後ろを示してくる。

そこでは猿賀谷が、丸めた手に直接餌を置き、羊に食べさせていた。

「おーしおしおし、いい子だいい子だ。オレのフェロモンに寄ってくるたぁ、お前さんメスだな？　よーし、オレがもっと愛《め》でてやろう」

餌を食べ終わった羊の頭を、両手でわさわさと撫でている。

……なんだあの猛者《もさ》は。え、前世遊牧民か何かなの？

周りの客たちがみんな、猿賀谷に注目している。中には子供もいるが……あれ、よい子は絶対に真似《まね》しちゃいけないだろ。

「猿賀谷くん、ワイルド……」

まゆ子のうっとり瞳《ひとみ》が、今度はむこうに移っていた。この子、猿賀谷妄信《もうしん》状態に入ってないか……？

そんなまゆ子に、十色が声をかける。

「そうだまゆちゃん！　さっきのさ、わたしの真似してみたらどうかな」

「ん？　真似？」

「そうそう。猿賀谷くんにさ、『餌やってみたけど、怖くて残りはあげられないー』みたいな」

なるほど。先程《さきほど》の、まゆ子の言う「初めての共同作業」を、まゆ子にも体験させてあげようという作戦か。これがもしかすると、距離が近づくきっかけになるかもしれない。

しかしまゆ子は首をぶんぶんと横に振《ふ》った。

「や、そ、そんな。て、て……」

「て？」

「て、手！　手とか当たっちゃうかもだし……」

「おいしいじゃん！　いけいけ！」

「えー!?」

十色に軽く背中を押され、一歩二歩と前に出るまゆ子。

少し躊躇《ちゅうちょ》はしていたものの、やがて意を決したようにばっと前を向き、猿賀谷の方へ近づいていく。

「さ、さ、猿賀谷くん！」

「どうしたんだい？　まゆ子ちゃん」

「あ、あの、餌やりを、一緒にお願いしたいんだ。あ、こ、怖くてさ。羊が」

「おう。そういうことならお安い御用《ごよう》。どれ、どの子にしよう」

猿賀谷にエスコートされるに、まゆ子は羊の前に進み出る。すると、白い羊が一匹、二人の目の前を陣取《じんど》った。

「あ、この辺、この辺を持って」

スコップを深く握り、余った柄《え》の部分をもう片方の手で必死に示すまゆ子。

「こうかい？　でも、怖いんならオレが前を持った方がよくないかい？」

「はっ！　そ、そうだよね。じゃ、じゃあ、持ってもらって」

「そんな後ろにちょんと指を添《そ》えるだけじゃあ、餌やってる感ないんじゃあないかい⁉」

「あっ、こ、こんな感じ？」

なんとか二人でスコップを差し出し、餌やりを始める。

すぐに餌がなくなって猿賀谷がスコップから手を離すと、まゆ子は胸を撫で下ろした。かと思ったら、はっとした表情で猿賀谷を見上げる。

「ご、ごめんなさい。羊の衝撃で、ちょっと手、当たっちゃった」

「い、いやいや、全然問題ないってもんよ。やー、中々の食いっぷりだったなぁ」

柵の近くから戻ってきたまゆ子がたたたっと十色に駆《か》け寄り、十色がよく頑張《がんば》ったというようにまゆ子の頭を撫でる。

その間、猿賀谷がすすすっと俺のもとへ寄ってきた。

「なぁなぁ、やっぱり、可愛すぎるんだがまゆ子ちゃん」

偶然《ぐうぜん》の賜物《たまもの》というかケガの功名というか、俺と十色の偶然の行動が恋人ムーブとして昇《しょう》華《か》され、一つまゆ子の恋《こい》の手助けになったようだった。

☆

羊やヤギ、ウサギなどから、ちょっと珍しいカンガルーまで。さまざまな動物への餌やりを、わたしたちは堪能《たんのう》した。

餌購入《えさこうにゅう》、一回一〇〇円×七回。七〇〇円、動物たちにご飯を奢《おご》ったことになるのか……などと考えるのは野暮《やぼ》なんだろう。でも、こんだけ貢《みつ》いだんだから、ちょっとくらいもふらせてほしい。

ほぼ強奪《ごうだつ》されただけだったからな……。特に羊……。

ただまぁ、まゆちゃんには怪しまれることなく、なんとかうまく立ち回っていた。

最後に一つ、カピバラの小屋で事件は起きた。

「カピバラさんがもふってない！」

カピバラにはふれあいができたんだけど、餌をやってその背中を撫でたわたしは、思わず驚愕の声を発してしまった。

その毛は一本いっぽんが太い直毛で、ごわごわちくちくしている。写真で見るとたくさんの毛に覆われてもふもふしているイメージだったので驚いた。

「これは何もふもふだ？」

正市も触ってみて驚いた様子で、そう訊ねてくる。

「マイナス一〇〇もふもふだよ！　これはタワシに匹敵《ひってき》するよ！」

「いやまぁ、気持ちはわかるが……」

しかしながら、わたしが背中を触ってあげると、カピバラは気持ちよさそうに目を細めている。もふもふしてなくても中々可愛い。

ちなみに説明書きを見ると、毛についても書かれていた。元々カピバラは水辺で暮らす生き物で、その毛はぶるっと震わせるだけで水を弾き飛ばしやすく、密度が低く通気性があって乾《かわ》きやすくもなっているらしい。

そんなこんな、わたしたちは一通り動物たちを見て回り終えた。時刻は正午をすぎたところ。

かなり広い動物エリアだったけど、この『花と動物　ふれあいファーム』には食事や遊びの施設《しせつ》も充実《じゅうじつ》しているらしい。

フードコートの建物があるとのことで、園内マップを見ながらそちらへ向かう。途中《とちゅう》にはアスレチックや、そりに乗っての芝滑《しばすべ》り、景品をゲットできるアーチェリーなど、楽しめそうなところがまだたくさんある。

それを眺めながら、わたしはぽそっと呟《つぶや》いた。

「もう一つくらい、何かサポートできないかな……」

「ん？」

近くで聞いていた正市が、振り向いてくれる。

「や、まゆちゃんと猿賀谷くん。さっき結構いい感じになってたから、もうちょっと後押《あとお》ししてあげられないかなって。わたしも、結構自分たちの恋人ムーブに夢中になっちゃってたとこあるから」

「なるほど。確かにさっきはいい感じだったな」

羊の餌やりの際の、共同作業のことである。

それを思い返してか、正市も何度か頷く。

「正市も、協力してくれるかい？」

「ああ」

「じゃあ、あれ、乗ろっか」

そう言って、わたしは先程から目をつけていた一つのアトラクションを指さした。フードコートの建物の前を通りすぎ、さらに奥《おく》。森の手前にそびえるそれは――、

「か、観覧車か」

「イエス！」

わたしは大きく首を縦に振った。

遊園地なんかのテーマパークにあるものと比べると、ゴンドラが少なくサイズが小さいが、そもそも山の上に建っているので見える景色はよさそうだ。

「ねね、乗りたくない？」

「十色が乗りたいだけなんじゃ……」

「そ、そんなことないよ？　二人のため。どうかな？」

「そうだな、まぁあれなら……」

「よしっ！」

正市のＯＫを得て、わたしはまゆちゃんたちに声をかける。

「ねね、あれ乗ってかない？　二人ずつに分かれてさ」

まゆちゃんたちが振り返り、正市と同じようにわたしの指の示す方を辿《たど》る。

「か、かか、観覧車？　ちょ、といろん、それはちょっと……」

「まゆちゃん、言いたいことはわかるよ。わかるけど、これはチャンスだよ！」

「正市の旦那《だんな》。それはちょいとハードルが高いんでないかい？　アニメや漫画《まんが》で見る観覧車ってぇのは、絶対中で重大なイベントが起きるってもんだ。大人なビデオで見る観覧車でも、中で何もないなんてこたぁ――」

「おい、それ以上はやめとけ」

猿賀谷くんがせっかくの流れを台無しにしそうになったところ、正市が止めてくれる。

それから続けて、

「先に乗ってみるのもいいんじゃないか？　今、フードコートは一番混《こ》んでる時間だろ？」

そう援護《えんご》射撃《しゃげき》をしてくれる。ナイスだ。

「さ、猿賀谷くんがよければ……」

と、まゆちゃんがちらりと猿賀谷くんに顔を向ける。

「お、オレはどちらかと言えば乗りたい方だ。まゆちゃんと、観覧車」

「よーし！　じゃあ、しゅっぱーつ」

言って、わたしは先陣《せんじん》を切って歩きだす。

今回のダブルデートで、まゆちゃんと猿賀谷くんは順調に仲を深めていっている気がする。というか、猿賀谷くんがまゆちゃんの可愛さギャップに気づいて、好印象を抱《いだ》いているようだ。多分、お互いのことを全然知らない者同士なので、伸《の》びしろがあるんだろな……。

今、観覧車をチョイスしたのは、二人の進展のためでもあるが、実は自分のためでもある。デートで観覧車なんて、いかにも恋人同士っぽいではないか。

わたしも正市と、もうちょっとそういう気分を味わいたい。

三分ほど歩いて、わたしたち四人は観覧車の袂《たもと》にやってきた。その間、意を決していたのだろうか。猿賀谷くんがまゆちゃんをエスコートして先にゴンドラへと案内をする。

「階段、足元気をつけて。まぁ、落ちてきたらオレが命をかけて下敷《したじ》きになってやるってもんよ」

「だ、ダメ。あたし、重いから」

「大丈夫《だいじょうぶ》。ご褒美《ほうび》ご褒美」

「ごほうび⁉」

そんなやり取りをしながら、乗りこんでいく。

わたしたちもそれに続いて階段をのぼり、係員の指示に従って次にきたゴンドラへと足を踏《ふ》み入れた。

まず、正市から。

人が二人座《すわ》れそうな座席が、対面する形で二つある。

正市のあとにわたしが入って——先に座った正市の右側に、並んで腰《こし》を下ろした。

「ん？　ちょ」

と、正市。

「んん？」

わたしは首を傾げてみせる。

「な、なぜ隣《となり》？」

「そりゃあ、わたしたちカップルだもん」

わたしがにこっと笑ってみせると、正市はぎこちなく姿勢を正す。ちらりと後ろの窓の外に視線を飛ばし、前を進むまゆちゃんたちが乗ったゴンドラを見て、

「い、今は別に、誰《だれ》も見てないんじゃないか？　ほ、ほら。あの二人からの視線も、届かない角度だ」

そんなことを言いだす。

いつもなら先程のようにむーっと頬《ほお》を膨らませているところだが、そのときわたしは次の策を思いついていた。観覧車はスムーズに進み、時計でいうと九時あたりをすぎようとしている。

「ま、正市、結構高いね。こわーい」

わたしは窓の外を覗《のぞ》くように見て、それから隣の正市の腕《うで》にしがみつくように身を寄せた。

ふっふっふ。カップルらしく自然に、恋人同士の距離感に持ちこめたのではないだろうか。

このまま、腕を組んだりできないかな。あわよくば、彼《かれ》にもたれるように身体を預けて――。二人で座りながらそんなことをしているカップルを、わたしは街で何度か見かけたことがあった。

考えていても仕方ない。さっそく行動に移そうと、わたしは正市の表情を窺《うかが》う。

正市の様子がおかしいこと気づいたのは、そのときだった。

「……どしたの？」

わたしに腕を掴まれながら、じっと身を硬くしている。目線はゴンドラ内のどこか虚空《こくう》を見るような。額にはじんわり汗《あせ》が浮《う》かんでいた。

「ご、ごめん。嫌《いや》だった？」

わたしが手を離すと、正市はぶんぶん首を横に振る。

「い、嫌とかではないが……」

「そうなの？　でも……どっか体調悪い？」

「いや、そういうわけでも……」

んー、明らかに具合が悪そうなんだけどな……。

「無理しなくてもいいんだよ。あ、ほら、外めちゃめちゃいい景色。あとちょっとで頂上だよ！」

わたしは困って、しかしなんとか正市の気分を変えたくそう口にする。すると、

「あ、ああ」

正市は頷くものの……なぜかちらりとも窓の外を見ようとしない。

「ほら、遠くまで見えるよ！　綺麗《きれい》！」

「ああ……」

やっぱしだ。正市は外を見ない。

「え……、正市、怖いの？」

わたしは思わずそう訊ねた。

「そ、そんなわけないだろ」

正市は慌てたようにわたしの方を振り向いて、否定してくる。それにびっくりして、わたしは思わず座席に手を突いた。その反動で、ゴンドラがぐらっと揺《ゆ》れる。

「おわ、まっ、ちょ、っと」

正市は慌てた声を上げながら、座っているのになぜかバランスを崩《くず》したように上半身をゆらゆらさせ。支えを求める手は何度も空を切ってから、ようやくわたしの肩を掴んだ。

「……怖いんだ」

わたしは多分驚《おどろ》きを隠しきれていない顔を、正市に向けてしまう。

──そんな、嘘だ……。

観覧車が怖いのか、高いところが無理なのか。

決してそれが意外だったとか、そういう問題じゃない。正市にそのようなウイークポイントがあることをこれまで知らなかったという事実に、わたしは驚いていた。

「怖いんじゃない、苦手なんだ。高所が」

「それはほぼ一緒《いっしょ》だと思うけど……」

「高所苦手症《しょう》ってやつだな」

「無理やり名前変えてきた⁉　え、てか、いつから？　全然知らなかったよ？」

正市に向き直りながら、わたしは訊ねる。

「待て、動くな！　揺れるだろ。……そもそもあんまり高いところに行く機会がなかったからな。気づくのが遅れたんだ。中学の修学旅行で某有名展望《ぼうゆうめい》タワーにのぼったとき、景色を見ると急に足がすくんで吐《は》き気《け》に襲《おそ》われて、トイレで戻《もど》してな。それから、高いところからの景色を見ると、悪寒《おかん》がするようになった。まぁ、日常生活では困らないし、わざわざ高いところに行って試《ため》したこともないんだが。でもやっぱりこの体質は本物みたいだ」

恥《は》ずかしいのか、正市はぽりぽりと頬を掻《か》きながら話す。

「そうだったんだ……」

全然、知らなかった。

「こんな高いところに行く機会ないと思ってたし、若干汚《じゃっかんきたな》い内容だから、わざわざ話しはしてなかったが……」

正市がそう、明かしてくれる。

「で、でも、それじゃあどうして観覧車に乗ろってなったとき、拒否《きょひ》しなかったの？」

「……それはまぁ、十色がまゆ子と猿賀谷のために考えたことだったから」

「そんな……」

断ってくれたらいいのに、という言葉を、わたしは喉《のど》の奥に押《お》し留《とど》める。正市はわたしのために頑張ってくれたのだ。

「あと、観覧車が小さそうだったから、大丈夫だろうと思って」

「判断を誤った？」

「ある程度高けりゃ、どれも一緒だな。高いものは高い」

冷《ひ》や汗を浮かべながらも、正市はにっと笑《え》みを浮かべる。その表情に、わたしは少しだけ安心した。

「そっか……。じゃあ、わたしが下までよしよししてあげよう」

そう言って、わたしは再び正市の腕を取る。それからもう片方の手を伸ばし、正市の頭をぽんぽんと撫《な》でた。

頑張ったね、ありがとね。

正市は「お、おい」なんて言っているが、ゴンドラが揺れるのが怖いのか振り払《はら》ったりはしてこない。もう結構地上に近づいていることは、内緒《ないしょ》にしておこう。悪いとは思いつつも、彼に寄り添いながら、わたしはふふっと笑みを漏《も》らしてしまう。

——実は、ちょっぴり嬉《うれ》しかったのだ。

わたしたちの間にもまだ知らないことがあったのが。

最初は驚いたけど、知らない正市を知れて、新しい正市を見れて。つき合い立ての初々《ういうい》しいカップルとまでは言わないが、自分たちにもまだ伸びしろがあるんだって——。

やがてゴンドラが搭乗口《とうじょうぐち》に辿り着く。窓の外にまゆちゃんたちの姿が見え、わたしはぱっと正市の頭から手を離した。

なんでだろう。そのまま続けて見せてもよかったのに。

今やっていたのは、他人に見せるためのいわゆる恋人ムーブではない。そんな咄嗟の判断を、わたしの脳がしたようだった。

こうして、いろいろあったけど、初めてのダブルデート牧場編を、わたしたちはなんとか切り抜《ぬ》けたのだった。

〈6〉 雪山理論

帰りのバスで地元の駅まで戻った俺《おれ》たちは、とある目的地へ向かっていた。

四人連れ立って、歩いていた……。

……おかしい。ダブルデートは終わった、はずだったのに。ようやくまゆ子《こ》のプレッシャーから逃《のが》れられ、帰って部屋でのんびりできると思っていたのに。

俺たちはまだ、四人パーティで行動をしている。

事の発端《ほったん》を思い出してみる。

観覧車を降りたあと、俺たちは芝滑りやアーチェリーなんかのアトラクションを楽しんだ。要所要所で恋人ムーブを頑張っていったが、ゴーカートに乗るときは、完全に勝負気分（タイムアタック）の俺と十色《といろ》が一枚ずつチケットを買おうとし、『二人乗りなのに一緒に乗らないのか？』などとまゆ子に言われ爪《つめ》の甘《あま》さが出てしまった部分もあった。

そうして牧場の施設をほとんど回って楽しみ、フードコートで昼ご飯を食べた俺たちは
――そのテーブルでダラダラすごしていた。

食後の満腹感や、久しぶりにこんなに歩いた疲《つか》れも相まって、中々動く気が湧《わ》かない。多分みんなも同じだったのだろう。三〇分ほどぐだぐだと、たまにとりとめもない会話をしながらスマホをいじったりする時間が続いていた。

そんな中、猿賀谷《さるがや》が口を開いた。

「二時をすぎたなぁ。なんだかこのまま解散ってのも、もの足りない気がするなぁ」

それぞれ、スマホから顔を上げる。

「確かにたしかに。どうする？」

まゆ子がそう反応し、

「ここはもう全部見たし、とりあえずはバスで駅に戻らないとだねー」

と、十色がスマホで検索《けんさく》し始める。

当たり前のようにまだこれからどこかに遊びにいく流れらしい。それを聞いて、俺の中のだらだら感が加速してしまう。やだ、このテーブルから動きたくない。

もはや俺がぐったりしている中で、「カラオケはー？」とか「ショッピングはー？」などの会話が飛び交《か》っていく。しかし、どれもいまいちしっくりこないらしい。「うーん」と悩《なや》む声が聞こえてくる。

「お、俺に気は遣《つか》わなくていいぞ？　どこでもついていくし」

一応俺はそう声をかけておく。

カラオケも、少しずつ一般《いっぱん》向けに歌えるレパートリーが増えてきている。最近アニメのオープニングで懐《なつ》かしいJPOPが使われることが多くなってるからなぁ。まぁ、猿賀谷と十色はアニメ好きとわかっているので、今回に関してはアニメ好き派閥《はばつ》の方が優勢なのだが。

「ダブルデートっぽさをあんまり重視しすぎちゃ決まんないかもねー」

十色がそう言うと、猿賀谷がぽんと手を打った。

「そんじゃあ、まゆ子ちゃんの行きたいところにしないかい？ 今日の企画者《きかくしゃ》はまゆ子ちゃんだ」

「え、あ、あたし？」

急に指名をされ、若干《じゃっかん》声を裏返らせるまゆ子。

みんなに注目され、「えと、えーと……」と視線をうろうろさせる。

そこに、猿賀谷がゆったり落ち着いた声音《こわね》で声をかけた。

「悩まなくていいんだぞ？ まゆ子ちゃんの好きなところに行こうじゃあないか。オレ、まゆ子ちゃんが普段《ふだん》どんなことしてるか知りたいしなぁ」

「ささささ、猿賀谷くんがあたしのこと知りたひ⁉」

言葉の最後を噛《か》み、まゆ子はパニックになったように視線を右往左往させる。

「あ、オレ、変なこと言って――」

猿賀谷も猿賀谷で慌《あわ》てだす。が、その間、まゆ子は少し顎《あご》を引き、俯《うつむ》き加減に考えだしていた。

「あたしの、好きなところ……」

ちらりと上目遣《うわめづか》いで俺たち三人を伺《うかが》うように見て、小さく口にする。

「じゃ、じゃあ、……が……っさ……」

「ん？　がっ……さ？」

聞き取れず、十色が訊《き》き返す。

するとまゆ子が、声を張ってこう叫《さけ》んだのだ。

「ま、漫画《まんが》喫茶《きつさ》に行きたい！」

その頬は、ほんのり桃色《ももいろ》に染まっていた。

まゆ子の行きつけの漫画喫茶が彼女《かのじょ》の家の近くにあるらしいが、そこまで行くのは大変なので、俺たちは駅の近くで大きな看板を出しているインターネットカフェチェーン店に入ることにした。

『へぇ、まゆ子ちゃん漫画喫茶が好きなのかぁ』

と、希望の行き先を聞いた猿賀谷が言う。

『へ、変かな……』

『いやいや、いいじゃあないか。漫喫。でも、どうして好きなんだい？』

『あ、あたし、結構漫画《まんが》好きでね？　そのほら……少女漫画？　とかなんだけど……。いろんなやつ読みたいけど、全部集めてたらキリがないから。それで、お小遣《こづか》いをほとんど漫喫に費やして通い詰《つ》めてたりしてたり……わ、笑わないでね』

まゆ子はどうも、『少女漫画が好き』という部分で照れているらしい。確かに、少年っぽい口調や所作が目立つ普段のまゆ子には似合わないかもしれない。しかしながら、俺は猿賀谷を前にしたときのまゆ子、恋する乙女《おとめ》ｖｅｒ《バージョン》を見てしまっている。恋に憧《あこが》れる少女が恋愛漫画《れんあいまんが》に傾倒《けいとう》しているのは自然である。

というわけで、俺がまゆ子を笑うことはもちろんなかったが、なんだかほっこりとしてしまった。推《お》せる。

バス停から目的の漫喫には五分ほどで到着《とうちゃく》した。

「わたし、漫画喫茶って初なんだよねー。楽しみ」

隣に並んだ十色が、弾《はず》んだ声でそう話しかけてくる。

「そうなのか？　意外だな」

「正市《まさいち》は行ったことあるの？」

「まぁ、たまに。修学旅行の自由時間とかにも行ったな」

「あー……。あの自由時間で与《あた》えられた自由をそこまで謳歌《おうか》してる人、初めてみたよ……」

十色がなんだか悲しい目で見てくる。俺的にはそれはとても充実した時間だったので、全く気にしていないのだが……。学校の行事の途中に漫画を読めるなんて、得した感まであった。

四人で入店し、受付で説明を聞く。

その際、一つ問題が発生した。

「四人で座れる部屋はないですねー。こちらのオープン席に並んでいただくしか……。ですが、他のお客様もいらっしゃいますので、お静かにお願いします」

店員のお姉さんが言うには、この店には四人で入れる個室はないらしい。オープン席といえば、塾《じゅく》や図書館の自習室のように、各人が並んで机に向かうタイプの席だ。間に仕切りがあるかどうかは店によるが、お隣さんとの距離は基本的に近い。四人並んで座れはするだろうが、店員さんの言う通り他のお客さんが同じ空間にいる。辺りも静かなので、騒ぐどころか普通《ふつう》の声量での会話も難しいだろう。

さて、どうするんだろう。

俺がそう考えていたときだった。受付カウンターの下に掲示《けいじ》されたシステム表を見ながら、十色が口を開いた。

「じゃあさ、このペアブースはどう？　二人ずつに分かれてさ」

その言葉に、まゆ子が呻《うめ》くような驚き声を上げる。「え」に濁点《だくてん》がついたような音だった。

「ま、まま、待ってまって。さ、さすがに二人ってのは。ペアブースって個室だし……。あ、ほら、猿賀谷くんが言うには、今日ってダブルデートなんだろ？　離れちゃうと、ダブル感がなくなっちゃうっていうか」

まゆ子が十色に向かって、そう捲《まく》し立てる。

「観覧車でも二人だったでしょ？」

「それがヤバかったっていうか！　ドキドキで死にそうだったっていうか！　あれは時間が短かったから生き延びられたけど、漫喫では無理だ。完全に個室だし」

どうも先程の観覧車、一つ前のゴンドラでも中々の空気が充満《じゅうまん》していたようだ。いや、こっちもこっちで結構ヤバかったのだが。

隠《かく》しきるつもりだったが、すぐに高所苦手症を見破られ、さらにその流れで頭を撫でられる事態に発展。恋人《こいびと》ムーブなのだろうが、あのときも誰にも見られていないはずだったのだが……。

「そうかー。でも、四人で楽しむってのが難しいからね。せっかくきたけど、どうしよっかー」

十色のその言葉に、まゆ子は悩む素振《そぶ》りを見せる。「うー、でも……」とぼそぼそ呟くまゆ子。

そのとき、猿賀谷が口を開いた。

「入ってみないかい？　オレ、まゆ子ちゃんのオススメの漫画、読んでみたいんだが」

「え、オススメ……しょ、少女漫画だよ？」

「ああ、楽しみだ。オレもそろそろ補給したいと思ってたところなんだ。トキメキを、な」

セリフの最後、猿賀谷が髪《かみ》を掻き上げながら、キランとウインクをしてみせる。なんだそれ。

対してまゆ子は、目をうっとりさせながら、「う、うん。トキメキ満タン、だね」と頷《うなず》いていた。なんだこれ。

たまに照れたりはしているものの、猿賀谷はまゆ子と二人きりの状況《じょうきょう》に積極的である。

おかげで話がまとまった。

俺たちは二人ずつに分かれ、ペアシートを二部屋借りることになった。

くわくする。

俺一人でくるときはオープン席しか借りたことがないので、どんなもんだろうと少しわくわくする。

受付のお姉さんから伝票のついたバインダーを受け取り、そこに書かれた番号の個室に移動する。途中にあったドリンクバーで、それぞれ飲み物を準備すると、そこで猿賀谷たちとは分かれる流れになった。

「俺たちのブースはこっちみたいだな。そんじゃあ正市の旦那」

「ああ。二時間後に退室だぞ」

「わかってる。それと――」

猿賀谷が俺に近づいてきて、耳打ちをしてくる。

「――あんまりハッスルしないようにな」

「いや、その言葉はそのままお前に返したい」

言いつつ、しかし今日は猿賀谷にその心配はないと感じていた。積極的ではありつつも、猿賀谷の奴《やつ》、喋《しゃべ》っているときの表情やまゆ子への気の遣《つか》い方など、珍《めずら》しくどこか緊張《きんちょう》しているような気がするのだ。

飲み物を持ちながら店内を歩き、俺と十色は自分たちの部屋に入室した。入って左手奥に細いテーブルが設置されており、その上にパソコンと電気スタンド。ソファはなく、革張りのマットのような黒い床《ゆか》が全面に敷《し》かれ、大きめのクッションが二つ置かれていた。

「とりあえず漫画取りに行くか？」

床にダイブして、それきりごろごろ動かなくなる十色の姿が目に浮かび、俺は先にそう声をかけた。

「うん！　わたしも、正市のオススメ、教えてほしいかな……？」

「お、おう。新作で面白《おもしろ》そうだったの、何作かあったから探してみるよ」

なぜか謎《なぞ》の上目遣いと疑問形で十色に言われ、俺は面食らいながらも返事をする。急にどうした。十色らしくない、なんだか可愛《かわい》い子ぶるような……。

ちなみに俺は、週刊誌なんかに掲載《けいさい》のない漫画の新作も、ネットで探してチェックするのを日課にしている。冒頭《ぼうとう》数ページがお試しとして無料で公開されていることが多いのだ。あれは助かる。

お試しで面白かったものの一巻を、今度はこういう場所で読んでみて、ハマれば集め始めるというパターンを何度かやったことがある。

靴《くつ》は脱《ぬ》がずにジュースだけテーブルに置いて、俺は再び歩きだす。そのあとを、十色がちょこちょことついてきた。二人で本棚《ほんだな》が立ち並ぶコーナーへと入っていく。

「すごっ、何この夢みたいな空間。これ全部読んでいいの？」

十色がキラキラした瞳《ひとみ》で辺りを見回した。

「もちろん、金払ってるからな」

「たくさんの漫画読み放題で、ジュースも飲み放題で、部屋で寝放題《ねほうだい》。それでこの値段って。ホテル顔負けすぎない？」

「やっぱりやることリストに睡眠《すいみん》が含《ふく》まれてるじゃねぇか！」

十色の場合、寝放題をエンジョイしだしたら残り二つのやり放題が完全に無駄《むだ》になる危険がある。なんなら寝《ね》すぎてもれなく延長料金の可能性まである。

「今日はちゃんと漫画読もうぜ」

「うん！　今日は寝ない！　絶対！　寝たら死ぬぞ！」

「雪山の教え⁉」

俺は新作コーナーと話題作コーナーをチェックし、何冊か漫画を抜いていく。十色は俺のオススメを聞きつつも、自分でも何冊か選んでいた。二人合計一〇冊の漫画を抱《かか》え、ブースに戻る。

俺は足を投げ出して壁《かべ》にもたれ、さっそく取ってきた漫画を読み始めた。

隣には同じような体勢の十色。

一緒の空間にいながらそれぞれ別の漫画に没頭《ぼっとう》するとは、いつもの部屋と同じである。

「…………」

「…………」

お互《たが》い無言だ。

だけど……なぜだろう、いつものように漫画に集中できない。

机に置かれた電気スタンドの灯《あか》りが頼《たよ》りの、薄暗《うすぐら》い空間。黒色の、硬く冷たい革《かわ》のマット。部屋着以外でこんなだらけた格好をしているなんて……隣の十色の存在を、妙《みょう》に意識してしまう。

それになんだか、十色の距離《きょり》がいつもより近い気がする。

部屋でも二人でベッドに寝転《ねころ》がって漫画を読んだりスマホゲームをしたりすることはある。そのときも、たまに身体が触《ふ》れ合う近さであることは確かなのだが……。しかし今俺たちのいるペアブースはある程度広さがあり、もうちょっと伸びのびすごすことができるはずだ。なぜこんな真横に座る。

肘《ひじ》でちょいちょいと十色の腕をつついてみる。すると十色がちらとこちらを見て、もぞもぞとお尻《しり》を動かしながらさらに少し距離を詰めてきた。なんでだよ！　狭《せま》いせまい。

俺がそれを指摘《してき》しようとしたとき、十色が再び漫画から顔を上げた。

「ねね、ちょっと寒くない？」

「ん？　寒い？」

　俺が訊き返すと、十色はこくこくと頷く。

「このままじゃ寝たら死ぬ」

「出たな、雪山理論。でもまぁ確かに、冷房《れいぼう》は効いてるな……」

「でしょ？　半袖《はんそで》だしちょっと寒い」

　十色が「よっ」ともたれていた壁から背を離《はな》した。膝《ひざ》立ちで、パソコンの置かれている机の方へ移動する。そして机の下にあったカゴの中から、何やらもこもこした起毛生地《きじ》の白い塊《かたまり》を取り出した。丸められていたそれを、広げてみる。

「やっぱし。これ、ブランケットだ」

「へぇ、そんなの置いてあったのか」

　俺がそう言うと、十色は得意げな顔をする。

「机の下にちらちら見えてて気になっていたのだよ」

　十色はささっと膝で歩き、また俺の隣に戻ってきた。

「というわけで、一緒に使おっか。ブランケット」

「どういうわけだよ。別にいらないぞ、俺は」

「なんでよ。死ぬよ？」

「死なねぇよ、この寒さじゃ。最悪風邪《かぜ》ひく程度だろ」

「風邪ひくのもダメだよー」

そう言って、十色は俺の横に座り、広げたブランケットを自分と俺の腰から下にかけた。

「……狭いんだが」

そのブランケットが、思っていたより小さい。二人入ってギリギリのサイズで、少しでも動くとずれてしまう。中々居心地《いごこち》が悪い。

しかし十色は「これで安心！」などと嬉しそうである。

そもそも金を払ってるのに寝るつもりないんだが……。

というか、時間は限られているのだ。思い出した俺は、ファンタジーの世界に戻ろうと漫画を開く。

「…………」「…………」

十色も俺に倣《なら》って漫画を読み始めたのだが……。

いかんせん距離が近いせいで、ページを捲る少しの動作で腕が当たったり、僅《わず》かな動作でつま先がちょんと触れ合ったり、十色の髪の毛先《けさき》がちくちくと肌《はだ》に刺《さ》さったり。仕舞《しまい》には冷房の風が当たるのまで気になってきた。

――やっぱり集中できん。

漫画を読みつつも、俺がちらちらと十色の方を窺っていると、不意に十色がこちらを向いた。

「それ、面白いの？」

「ん？　ああ。有名な賞の大賞を獲《と》った作品だ。部数もかなり刷られてる。試し読みを読んでから、ずっと続きを読みたいと思ってたんだが、機会がなくてな。ただまぁ、ちらっと読んだだけでも面白そうな雰囲気《ふんいき》はぷんぷん出てた」

「へー、すごそうだねー」

十色が身体を俺の方に傾《かたむ》け、読んでいるページを覗いてきた。

牧場で動いて汗をかいたためか、いつの間にか制汗剤《せいかんざい》でも使ったらしい。真夏の残《のこ》り香《が》のようなさっぱりとした柑橘系《かんきつけい》の香《かお》りがふわりと漂《ただよ》ってくる。

こうして一緒に漫画を読むのも、俺の部屋でよくあることだった。しかし……、

「あー、なんかちょっと暗くて字がよく見えないなー」

……会話が棒読みで、わざとらしい。

んんん？　っと目を凝《こ》らすようにして、十色が俺の身体に引っついてくる。薄《うす》いTシャツ越《ご》しに身体の柔らかさがもろに伝わってきて、俺はぴくっと身体を硬直《こうちょく》させてしまった。

たまらず俺は、十色に声をかける。

「こ、これは恋人ムーブか？」

十色が俺を見た。至近距離の彼女の顔に、思わずどきりとしてしまう。

十色は何を考えているのか、無言で俺をじっと見つめてくる。その奥《おく》の深い瞳に吸いこまれそうな気分になっていると、十色が口を小さく動かした。

「──これは……本物の恋人ムーブだよ」

ほ、本物の恋人ムーブ？

「な、なんだそれ」

「いいから、気にしないで」

気にしないでと言われても……。

本物の、恋人ムーブ。確かに今日、というか最近、十色の様子が少しおかしいとは感じていた。これまでなかった積極的なスキンシップがあったり、誰も見ていないところで恋人ムーブが始まったり。

……本物の恋人同士のような、恋人ムーブということか？

「ほらほら気にせず、一緒に漫画《まんが》読も！」

「えっ、ちょっ」

俺が手に持ちながら閉じていた漫画を、十色が開こうとしてくる。

「あれ、まだほぼ最初のところだね」

あんまり集中できなくて、全然読めていないのだ。

「最初から、わたしも一緒に読みたいな」

「ほ、ほんとに一緒に読むのか？」

「うん！」

「じゃあ、一旦《いったん》姿勢を戻そう。この体勢はきつい」

「はい！」

十色は素直《すなお》な返事をして、すぐに身体を起こして座り直す。

俺が漫画を開き直すと、十色がこちらに肩《かた》を寄せながら覗きこんできた。……まぁ、さっきよりはマシか。

「あっ、女の子キャラ可愛い」

十色がぽつりと呟《つぶや》く。

「だろ？　でもあんまりその容姿で気に入らない方がいい」

「え、なんで？　ヒロインじゃないの？」

「すぐにわかる」

俺はそれだけ言って、逸《はや》る気持ちを抑《おさ》えながらページを捲る。

「えっ⁉　食べられた⁉」

「そうなんだよなぁ……」

「何この怪物《かいぶつ》⁉　えっ、ヒロインは？」

「ヒロイン五秒で退場って話題になったんだよ、この漫画。まぁ、これも何かの伏線《ふくせん》らしいんだが、そこまで読んでないからわからん」

「えー、ちょっ、読もよもっ」

十色に急《せ》かされ、俺はまたページを捲った。

漫画を読み進めながら、ぼんやり考える。

二人で一冊の漫画を覗きこんで読んでいると、ともすれば自分が今家にいるような錯覚《さっかく》に陥《おちい》りそうになる。

こうなってくるとやっぱり、いつもの十色だな。

でも、どうして急に本物の恋人ムーブなんて……。

そんな疑問はいつしか、漫画の壮絶《そうぜつ》なストーリーの中に呑《の》みこまれていった。

☆

漫画を一冊読み終わり、わたしたちは少し休憩《きゅうけい》をすることにした。

正市が飲みものを取ってくると言って部屋を出ていく。

わたしは座《すわ》ってブランケットをかけたまま、「んーっ」と思いっきり伸《の》びをした。それから力を抜き、ふぅっと深く息をつく。

――これは恋人ムーブか？　って。正市はやっぱり野暮《やぼ》だ。やぼやぼだ。

あんまり雰囲気《ふんいき》壊《こわ》したくないのに……。

もともとわたしは、密《ひそ》かな目標を掲《かか》げてこのダブルデートに挑《いど》んでいる。

――本物のカップルがどんなのか味わいたい。そして、正市をもっとドキドキさせたい。

普通の恋人同士なら、事前に打ち合わせや確認《かくにん》なんてしないよね。ってことで、自由にどんどん恋人らしいことをしようと思ってた。

牧場のときもいろいろやってみたけど、まだあまり手応《てごた》えがなくて。だから漫画喫茶で挽回《ばんかい》しようと距離を詰めたり一緒にブランケットに入ったりしてみて――。

字が暗くて見えないフリして、わざと正市の身体に引っついたときは、ドキドキしすぎて死期が迫《せま》りくる気分だった。

思い返すと恥ずかしくなってきて、無意識に足をぱたぱたさせてしまう。

最後の方は漫画が面白くて、ただただ没頭しちゃってたんだけど……。

わたしは気持ちを落ち着かせるように深呼吸をする。

自分なりに、頑張《がんば》ったつもりだ。

けど、わたしもわたしで、本物の恋人ムーブってなんだよ。

なんとか誤魔化《ごまか》したけど、正市もこいつなんかやってんなって目で見てた……。

どうなんだろなー。

正市も、ちょっとはドキドキしてくれたのかなぁ。

考えながら、壁にもたれる。

慣れない早起きをして、これまた珍しくはしゃぎ回ったからだろうか。なんだか今日は疲れた。どこか心地《ここち》のいい疲労《ひろう》感だ。

わたしは再び、大きく伸びをした。

早く漫画の続き読みたいなー。

正市まだかなー。

そんなことをぽわぽわと考えながら、わたしは正市を待っていた。

＊

少し休憩をとることになり、俺は部屋を出て自販機《じはんき》に向かった。

ジュースを補充《ほじゅう》する、という名目のもと、少し一人になりたかったのだ。

——十色の奴、どうしたのか。

思い返してみてもやっぱり、今日はやけに距離が近い。積極的だ。それに、誰《だれ》もいないところでも、恋人ムーブを続けているような……。

そのような恋人ムーブが、事前に話なく、むこうからぐいぐいこられるせいで、いつもよりなんだかリアルで生々しい。

本物の恋人ムーブってそういう……。

そんなことを考えていると、すぐに自販機の前に着いてしまう。

漫画喫茶のコース料金の中にドリンク代も含まれており、この自販機はお金を入れずともジュースを注文できる。値段を気にせず、選び放題だ。

メロンソーダーにしようか抹茶《まっちゃ》オレにしようか。ここは普段は頼《たの》まないおしるこなんて選択肢《せんたくし》も……。あっ、コーンポータージュがあるじゃないか。問題は粒《つぶ》が入っているかどうかだ。試《ため》してみる価値はある。しかし、ボタンを押しかけながらも、やっぱり今は冷たいものが——と指を迷わせ、

「真園《まぞの》」

突如《とつじょ》真後ろから声をかけられ、俺はびっくりして指を突《つ》いてしまった。ピ、と音がして何か飲みものが注文されてしまう。

慌てて振《ふ》り返ると、そこには予想外の人物——私服姿の中曽根《なかそね》が立っていた。

「何その反応」

中曽根は、そうどこか冷たい目で俺を見てくる。ゆるだぼっとしたレオパード柄《がら》のスウエットに、スラッとした白い脚《あし》を見せるショートパンツという格好だ。

「い、いや、いきなり耳元で話しかけられたから驚《おどろ》いて。何？　なんで気配消して近づいてくるの？　忍者《にんじゃ》なの？」

最近、後ろから急に声をかけられて驚くことが多い気がする。なぜみんな忍《しの》ぶんだ。

対して、中曽根の反応は、

「は？　何言ってんの？」

と、ひんやりしたものだった。中曽根さん、そういうとこだぞ……。

「こんなところで、あんまり離れたところから大きな声出せないでしょ」

「いやまぁ、それはそうだが」

ピピピピと音が鳴り、俺はでき上がった飲みものを自販機から取り出す。よりにもよってホットコーヒーとは……。

中曽根は緩《ゆる》く巻かれた毛先を指でちょろちょろいじりながら、辺りをきょろきょろと見回す。

「誰か捜してるのか？」

俺がそう訊《たず》ねたときだった。

「正市の旦那ぁ、助けてくれぃ」

目の前の通路を猿賀谷がふらふらと歩いてきた。

「お、おい、どうしたんだお前」

俺が驚いて訊ねると、

「まゆ子ちゃんが、まゆ子ちゃんがぁ可愛すぎる……」

近づいてきた猿賀谷がへろへろと俺にしなだれかかりながら、そんなことを口にした。

暑苦しい……。

「そりゃあよかったじゃないか。もっと時間まで楽しめよ」

「いやぁ、それがなぁ。可愛い、と思うとなぜだが妙に緊張してしまってな。いつものように喋れないというか、本物のオレはどこ行ったというか。こんなの初めての感覚で、なんて言えばいいのかわからないんだが」

助けて、とはそういうことか。

そしてどうも、まゆ子の恋路《こいじ》はいい方向に進んでいるようだ。

……助ける必要ないなこれ。

「何があったのかと思ってきてみれば……。あんたら、まさか以外といい感じなの？　マジか……」

中曽根は目を丸くして猿賀谷を見る。

「あれ、うららちゃんじゃあないか。偶然《ぐうぜん》……じゃあないよな。どうしてここへ？」

「メッセージで『助けて』って、まゆ子からSOSが入ったの。空気に耐《た》えきれないって……。何があったのかと思って、家近いし様子を見にきてみれば……」

助ける必要ないなこれ、と、中曽根も思ったことだろう。

「なるほど。まゆ子ちゃんがオレのイケメン具合といい男っぷりにあてられてギブアップしちまったってところか」

冗談《じょうだん》っぽく言って、にやりと笑う猿賀谷。

「じゃあそのいい男っぷりで、まゆ子をエスコートしてやんなよ。緊張させないように」

「オレもそうしたいがなぁ……。どうもいつもの調子を出せなくて」

「いつもの調子って、ただのエロ猿モードじゃないのか……？」

俺が言うと、猿賀谷はノンノンノンと人さし指を振る。

「人の男たるものみんなエロをもって繁栄してきた猿だってぇ話は一旦置いとくとして、女の子を褒《ほ》めたり口説いたりするのはエロ猿の得意分野でもあるってもんだ。だけどそれがうまく発揮できない」

「……ほぅ」

俺は小さく相槌《あいづち》を打つ。

「例えば可愛いねって褒めるだろう？　そしたらまゆちゃん、『そそ、そんなことない』って顔を真っ赤にして照れるわけだ。これまでそんな女の子に会ったことねぇ。どころか俺なんてちょいと邪見《じゃけん》に扱《あつか》われたりもしてきたもんで、そのまゆ子ちゃんの反応が可愛くて可愛すぎて……。少女漫画なんか足元にも及《およ》ばない、致死量《ちしりょう》のきゅんきゅんに襲《おそ》われて、今エスケープしてきたってこった」

「……おぅ」

なんだこれ、青春か？

中曽根も、呆《あき》れたようなため息をついていた。

「あんたって、恋愛《れんあい》経験少ない？」

「オレかい？　不思議なことに、あんまり機会に恵《めぐ》まれなくてなぁ。喋らなければモテる、とはよく言われるが」

「あー」

中曽根は納得《なっとく》したように声を伸ばした。

女子にいつも積極的に話しかけにいく猿賀谷だが、まゆ子のような反応を取られたのは初めてなのだろう。その戸《と》惑《まど》いがあるようだ。

……ただの幸せじゃねぇか。

俺《おれ》もふぅと深く息をついた。話は終わりだろう。ホットコーヒーを一口ずずっとすする。

「まぁ、大丈夫《だいじょうぶ》そうならよかったよ。ウチ、漫画でも読んでるから」

そう言って、中曽根が踵《きびす》を返そうとする。

それをなぜか、猿賀谷が呼び止めた。

「ちょっと待ってくれ。丁度いいタイミングだ。今、少し話していいか？　正市の旦那《だんな》も」

「……どうしたんだ？」

こんなときになんだろう。そう思いながら訊き返す。

「例の、春日部《かすかべ》のことなんだが」

「あ、ああ、その話か」

答えつつ、思わず俺は中曽根の方をちらっと見てしまった。

すると、彼女が口を開く。

「続けていいよ。その話、ウチも猿賀谷から聞いてるから」

今度は猿賀谷の方にじとっと目を向けてしまう。

中曽根に、何をどこまで喋ったんだ……。

「ちょっと訊ねただけさ、正市の旦那。いろいろ、いろんなルートから調べてはみたんだが、なぜか春日部の話が聞けなくてな。奴も俺たちと同じで、地元から離れた私立の中学出身らしくて。詳《くわ》しい奴がいないってもんだ。今、同じ部活で仲のいいって奴に訊ねても、お前さんも知ってるような、女の子好きって噂《うわさ》くらいしか出てこない」

「へぇ」

春日部も出身は地元の中学ではないらしい。それでもすでに校内では友達に囲まれ、それなりの地位を築いている印象である。

「だけどな、女好きってわけだけど、具体的に奴の手にかかったってぇ女の子の話は聞かないってもんだ」

「ほう」

女好き、というのはあくまで噂かもしれない、ということか？

「そこでな、校内で一番春日部のことを知ってる奴たぁ誰だって話になるわけよ。誰だと思う？」

誰だ、と訊かれても……。と、少し考えて思い至る。

「……船見《ふなみ》、か」

「そう。いつも一緒《いっしょ》にいるあの子なら、いろいろ知ってるだろうと思って、うららちゃんに話を持って行ったってわけだ」

なるほど、話が見えてきた。それで、俺と中曽根の集まっているこのタイミングでこの話題を出したというわけか。

猿賀谷に代わり、中曽根が口を開く。

「話は聞いた。確かに普段《ふだん》、楓《かえで》から春日部の話は聞くけど……。でも、春日部の恋愛事情の話にはあんまりならないんだよね」

「……それはやっぱり、十色がいると話し辛《づら》いから？」

春日部の恋愛面に触れるのであれば、奴が今気にしているという相手についても話が向いてしまうかもしれない。そうなると船見と十色、どちらからしても気まずいだろう。

「まぁ、それもあるけど……。どっちかと言うと、楓が春日部の好きなところを喋りたいって感じ。どこがかっこよくてどう優《やさ》しくて、的な」

「なるほど……」

それを聞くだけで、船見が本当に春日部が好きだということが伝わってくる。

「あの二人、ほんとにつき合ってないのか？　遊んでるときって、どんな感じなんだ？」

今日、俺と十色は仮初《かりそめ》の恋人同士として、本物のカップルを意識しながらデートに挑んだ。それだけでも、幼馴染《おさななじみ》として遊びに行くのとは全く勝手が違《ちが》うことを認識《にんしき》させられた。

本当の恋人同士のようなデートをしているのか。それとも仲のいい友達同士のようにはしゃいでいるのか。

本人たちが楽しいのであれば、それに口出しすることもないが……。ただ、その遊びのスタイルを見れば、二人の関係性を知ることもできる。

「どんな雰囲気かは知らないけど……あの二人はつき合ってない。でも、お互い好き同士であることは確かだと思う」

「お互いってぇのは、春日部の方もってことかい？」

黙《だま》って聞いていた猿賀谷が、そう口を挟《はさ》む。

中曽根は静かに頷いた。

「じゃあ、十色のことは？」

そう俺が訊ねると、中曽根は俺の目を見ながらゆっくり口を開く。

「春日部は、楓と一緒にいながらも十色に対して特別な想《おも》いを持ってる。それは確かだと思う。入学してすぐの頃《ころ》――あんたたちがまだつき合い始める前にみんなで遊んだとき、積極的に十色にアプローチしてたのを見たことがある。ただ、普段、その好意がはっきり楓に向いてるのも確かで……。何か春日部の中で、ケリをつけなければならない気持ちがあるのかも……」

「……そうか」

結局、わかるのはそこまでだった。

「また、何か情報が入ったら教えてあげるよ、十色のためなんでしょ？」

中曽根に言われ、俺は少し考えてから頷く。

「ああ。十色と一緒に動いてる。あとで十色にも伝えるよ――」

ちょっとジュースを取りに行くつもりが、思いの外時間を食ってしまった。俺は急いで部屋へと戻《もど》る。

「すまん、遅《おそ》くなった」

そう言いつつ、部屋の扉《とびら》を開け――俺は思わず口を噤《つぐ》んだ。

くぅ――くぅ――と、十色が壁にもたれながら寝息《ねいき》を立てていた。

どうやら寝落《ねお》ちしてしまったらしい。たくさん遊んで疲《つか》れたのかもしれない。

俺は静かに部屋に入って扉を閉める。

退店までまだ一時間近くある。起こすと悪い。

俺は足元に落ちていたブランケットを、十色の足からお腹《なか》にゆっくりとかけた。

*

漫画《まんが》喫茶《きっさ》から出ると、じわじわと日が傾いているところだった。夕陽に照らされた、駅前のロータリー。大気に金色の粒子《りゅうし》が舞《ま》ったかのように、辺りがキラキラして見える。

帰り道の方向が違う猿賀谷とまゆ子、そして、時間単位の料金で入ってちゃっかり最後まで漫画を読んでいた中曽根とは、そこで別れた。

「やー、なんか損した気分だよ。あの漫画読みたかったなー」

十色がぶつぶつと唇《くちびる》を尖《とが》らせながら口にする。

「面白かったぞ。三巻ではあのヒロインが――」

「あーあーあー！　何も聞こえないきこえないー」

俺の声を遮《さえぎ》るように大声を出す十色。両耳を塞《ふさ》ぐその彼女《かのじょ》の仕草に、俺は笑ってしまう。

「面白かったから、全巻集めようかな」

「マジ？　わたしも協力するよ！　一緒に集めよ？」

二人でお金を出し合って、全巻揃《そろ》えている漫画が、俺の部屋には何種類かある。新刊が出る度に、「次は俺の番」「今度はわたしの番だね」などと言って交替《こうたい》で買っているのだ。単純に負担が半減するので、俺はこの漫画の集め方が気に入っている。

てく、てく、とのんびりペースで歩き、住宅街に入っていく。十色は寝て体力を回復したのか、俺の歩幅《ほはば》に合わせてぴょんぴょんと軽く跳《と》ぶように歩いている。

「そういや正市、わたしが寝てるときブランケットかけてくれたでしょ。ありがと」

思い出したように「あっ」と声を上げて、十色が言った。

「風邪ひかれたら嫌《いや》だからな。ていうか、寝たら死ぬんじゃなかったのかよ」

「わお、わたし、奇跡《きせき》の生還《せいかん》してる！」

「奇跡も何も。とても規則正しいいびきが聞こえてたぞ」

「嘘《うそ》っ。わたしいびきかいてた？」

十色は恥《は》ずかしそうに頬《ほお》を押《お》さえる。

「ああ。地鳴りがしてた」

「えー、絶対嘘だよ。わたし寝るとき静かだもん！」

確かに全く気にならないレベルの寝息だったが、俺はあえて神妙《しんみょう》な顔つきをしておく。

十色は「嘘だー。……え、ほんと？　……や、絶対嘘だね！　そんなことお母さんに言われたことないし、静音モードだったし」と一人慌《あわ》てていた。

「にしても、今日は疲れたな。俺も夜はよく寝れそうだ」

俺は歩きながら両腕《りょううで》を横に広げ、大きく伸びをする。

「わかるー。こうやってお外で遊ぶのも楽しいもんだねー」

十色も俺の真似《まね》をして、腕《うで》を上げて身体をぐぐっと伸ばしていた。脇《わき》見えてんぞ脇。

「まぁ、たまにはいいかもな」

「ねー」

そこで、会話が途切《とぎ》れた。

俺たちは変わらずぷらぷらと帰り道を歩いていく。

通りに面した家の庭で子供が遊ぶ声。俺たちを抜《ぬ》かしていくバイクのエンジン音。近所のおばちゃんたちが立ち止まって喋《しゃべ》る声。そんな町の喧噪《けんそう》が耳に戻ってくる。

「…………」「…………」

たまに訪《おとず》れる、十色との無言の時間は心地いい。無理に喋らなくていいと、お互いにわかっているからだろうか。

だけど今日は、少し様子が違った。

十色の方が妙にもぞもぞしている。

俺が気になってそちらを振り向いたとき、彼女が「ねねっ！」と声を上げた。

「お、おう。なんだ？」

俺が驚きながら訊ねると、なんだか躊躇《ためら》うように口をもにょもにょさせてから十色が言う。

「あ、こ、今度は二人で遊びにいかない？　来週の日曜日、近くの神社で秋祭りがあるんだよ」

断るはずがないのに、返事を待つ十色はなぜか緊張《きんちょう》しているようだった。ちらちらと俺の方を上目遣《うわめづか》いで窺《うかが》ってくる。

「ああ、行くか」

そう俺が答えると、十色はぱあっと笑顔《えがお》を咲《さ》かせる。

「その祭り、確か小学生の頃、一緒に行ったたっけか？」

「うん！　懐《なつ》かしいね、楽しみだね！」

秋祭りの予定については、それ以上は話さなかった。いつも通り、部屋で遊んでいて、そろそろ時間になったらふらりと出かければいい。そんな気楽さが俺たちらしくて、俺は好きだ。

だけど今日は少しだけ、気分が違った。

逸るような気持ちが腹の底に湧《わ》いて、しばらくとくとくと響《ひび》いていた。

〈7〉まさかのバトル展開！

牧場、それから漫画喫茶でのダブルデートを終え、翌日からまた普段通りの学校生活が始まった。

長期間学校を休んでいた、とか、旅行に行っていた、というわけでもないのだが、なんだか「日常に戻った」という言葉がしっくりとくる。俺にとって、クラスの男女四人（関係は訳ありだが）で遠出をして遊ぶなんてのは、中々の特殊《とくしゅ》イベントだった。リアルで体力を充電《じゅうでん》しつつ、家でのオタク活動で発散、という俺のリア充《じゅう》スタイルが崩《くず》れつつある……。

もしまたダブルデートに行かなければならなくなったら、温泉ダブルデートとか、そういった癒《いや》しのあるコースにしてほしい。……猿賀谷《さるがや》と温泉は、なんか余計疲れそうだ。やっぱりなしだ。

そんなどうでもいいことばかり考えているうちに、今週も終わりに差しかかっていた。

その情報が俺のもとに入ってきたのは、学校生活の中で一番の癒しの時間である昼休みのことだった。

「――ちょっといい？」

弁当を食べ終えた俺が、自席でスマホゲームに没頭《ぼっとう》していると、頭上からそんな声がかかった。

いや、よくない。

よくないが、ちらっとだけ視線を上げて確認をする。

そこにはにっこりとした笑顔で、俺にアピールするよう目の前で手をひらひらと動かしてくる少女が一人。「おーいキミ」と手を振る度に、さらさらの黒髪《くろかみ》の毛先が小刻みに動いている。

その意外な人物に、俺は驚いてスマホから手を離し、顔を上げた。

まさか教室内で船見《ふなみ》が自分に接触《せっしょく》してくるとは思いもしなかった。彼女の友達グループのメンバーは、と室内に視線を巡《めぐ》らすが、見当たらない。

「十色《といろ》たちは仲よくトイレ」

俺の脳内を読んだかのように、船見が教えてくれる。

「お昼ご飯、他の教室で食べてて、そしたら廊下《ろうか》で十色たちがトイレに行くのが見えたから、急いで戻ってきたの。キミと二人で会うために」

「お、おう。わかったから、声のボリュームもうちょっと落とそう」

クラスメイトたちの視線がこちらに向けられているのが痛いほど伝わってくる。今の船見のセリフが聞こえておらずとも、俺と船見という珍《めずら》しい組み合わせはそもそも注目を集めてしまう。ここで船見との変な噂が広まると、いろいろとややこしい。

十色には、別に見られても問題ないのだが……。

とにかくここは手短に終わらせようと、俺は続けて口を動かす。

「例の件か？」

「うん。もちろん」

答え、船見はスカートのポケットからスマホを取り出した。ついついっと操作して、こちらに向けてくる。

「今日の放課後、私たちここにいるから」

俺は首を前に伸ばし、その画面――表示されていた細かい文字を凝視《ぎょうし》した。

「ロッキー……？　ゲームセンターか？」

「そう。今日は駿《しゅん》の部活が休みで、暗くなるまではいる予定。そこにきて、十色と仲よく遊んで、最強の恋人《こいびと》ってところをアピールして」

「最強の恋人って……」

先日の屋上での船見のセリフが脳裏《のうり》で再生される。

『お願いします。キミと十色、二人がつき合ってるとしっかりわからせて、キミが十色の最高の彼氏《かれし》だって証明して、駿に十色のことを諦《あきら》めさせてほしいの——』

確かそのチャンスは、船見が作ると言っていた。

「遊んでる姿から仲いい感じを見せられるように、わざわざゲーセンを選んでくれたのか？」

「わざわざってほどでもないよ。駿がゲーセン好きで、二人でよく行ってるから」

「へぇ、ゲーセン好き……」

あんなイケメンは、なんかもっと街中のカフェとかアパレルショップとか、海の見えるレストランなんかに出没《しゅつぼつ》してそう。もちろん選ぶのはテラス席だ。

……少し意外だな。

「わかった。十色も今日は大丈夫なはずだし、二人で行く」

言いながら、俺はスマホに表示されているゲーセンをもう一度確認《かくにん》した。このあとすぐに自身のスマホで検索《けんさく》するつもりだ。

そう言って、船見がふっと笑《え》みを浮《う》かべた。そして俺のもとから離《はな》れていく。

「ありがと、よろしく」

「あっ、楓《かえで》ちゃん！　おっまたせー」

まるで計ったかのようなタイミングで十色たちが戻ってきた。船見が自分の席に戻りながら、笑顔で手を上げて応じる。

ゲーセンデート、か……。

少し十色と話したいことがあったが、そこで昼休み終了《しゅうりょう》前の予鈴《よれい》が校内に鳴り響いた。

＊

「尾行《びこう》の基本は位置取りだよ。近すぎず遠すぎず。直線のときは離れたところから監視《かんし》して、曲がり角なんかで一気に距離《きょり》を詰《つ》めておく。基本的に、相手の観察は歩きながら。あんぱんを買ってる間に、取り逃《に》がしたりしないように」

通学用のリュックを背負いながら隣《となり》を歩く十色が、人差し指を立てながらそんなことを伝授してくれる。

「待ち合わせなんかで立ち止まったりしたときは、そちらを意識しないように近づくの。

自然な、朗《ほが》らかな表情で。身体はターゲットから横向きにして、横目で観察。あんぱんは、こっそり食べること」

「詳しいな！　やってた？」

そのやけに詳細《しょうさい》な尾行のコツに、俺は思わずツッコんでしまう。

「まず周囲に溶《と》けこむことが必要だからね。そして、あんぱんのお供には牛乳が合います」

「そのさっきから推《お》してるあんぱんが、完全に尾行アイコンでもろバレなんだよなぁ……」

なぜそこまであんぱんにこだわる……。

「いやぁ、やっぱし形から入るのが大事じゃん？」

「それで言うと、多分本物の探偵《たんてい》はあんぱん食べないぞ……」

「そ、そうなの？　でも、わたしあんぱん好きだし」

「お、おぉ。まぁ、好きなら許す」

そんな益体《やくたい》もない話をしているうちに、俺たちは目的地の目の前に到着《とうちゃく》した。

船見から教えてもらった、春日部《かすかべ》と船見がこの放課後遊びにきているというゲームセンターだ。

なぜ俺たちが尾行の話をしていたかと言えば、ゲーセンで、隠《かく》れながら船見と春日部のことを観察するためである。カップルのようであるがつき合ってはいないという二人が、実際はどんな関係なのか探《さぐ》りたく、俺が提案した。

作戦としては、俺たちが少し遅《おく》れてゲーセンに入り、春日部たちが遊んでいるのをこっそり見させてもらうという流れだが……それじゃあさっき十色が教えてくれた尾行のコツ、全然役に立たねぇな。

そのゲーセンは学校から近い商店街の脇の、細い路地を抜けた先にあった。少し老舗《しにせ》っぽい雰囲気《ふんいき》で、「ロッキー」と電飾《でんしょく》で書かれている。

「ほんとにきてるんだよな……」

俺はゲーセンの扉を見ながら呟く。

扉の周りには、停《と》めてあるのか捨てられているのかわからない自転車が固まって並んでいた。

「まま、二人がいなくても遊んで帰ったらいいじゃん?」

「お前、そっちが目的なんじゃないか?」

「どきっ」

誤魔化すことなくそう口にして、笑ってみせる十色。

まぁ、そういうパターンもアリよりのアリか。多分楽しいし……。

「ゲーセンデートって初めてじゃない?」

と十色。

「この前、ショッピングモールで遊んだだろ？」

「うーん。あれとは違って、ほんとのデート」

にっと笑みを浮かべて、下から俺の顔を覗《のぞ》きこんでくる。また、本物の恋人ムーブというやつだろうか。

「……まぁ、もし船見たちがいなくても、これが無駄足《むだあし》になることはなさそうだな」

俺がそう言うと、十色が大きく頷《うなず》く。

建物と建物の間から抜けるような青い空を最後に見上げ、自動ドアの前へ。

扉が開くと、薄暗《うすぐら》い店内から耳を突く騒音《そうおん》が溢《あふ》れ出してきた。

「いい？　正市《まさいち》。二人一緒に行動してると、索敵《さくてき》が遅れちゃうかもしれない。うっかり背後でも取られたりしたら意味がないからね。ここは二手に分かれるよ」

十色が両手でピストルを作り、周囲を窺いながら言う。

「そうだな。……てか、ノリノリだな」

「そりゃあ、ミッションですから」

……ちょっとその理由はよくわからないが、まぁ楽しんだ者勝ちということだろう。俺も十色の作戦に乗ることにする。

「スマホで通話繋《つな》げとくか？」

「いいね！　それでいこう」

俺が十色にメッセージアプリの機能を使って通話をかける。十色がそれに応答して準備は整った。入って正面にあったUFOキャッチャーコーナーの前で、俺たちは互《たが》いに背を向けて動きだす。

「こちら十色、メダルゲームコーナーに敵の影《かげ》なし。どうぞ」

「あー、こちら正市。格ゲーコーナーにもいないな。どうぞ。……これいるか？　どうぞ、っての」

「あった方が本格的だぞう、どうぞぞう」

「ちょっと遊び始めてるじゃねぇか」

「あっ――」

くだらない会話の中、急に十色が息を呑《の》む声を上げた。そしてすぐに、

「いたっ」

そんな、かすかだが慌てた声が聞こえてくる。

「二人がいたのか？」

「うん、店の奥《おく》の、ガンゲーがある辺り！　きてきて！」

言われ、俺は周囲を警戒《けいかい》しながらも早足でそちらに向かう。すると、太鼓《たいこ》の音ゲーの陰《かげ》でむこうを覗いているバディの姿を見つけた。

俺は十色のリュックの背中に隠れるように座《すわ》り、肩《かた》の上から覗くように顔を出す。

春日部と船見は、二人で仲よくガンシューティングゲームをプレイしていた。病院を背景に血を流すゾンビが描《えが》かれた、家庭用ゲーム機のソフトで人気を博したシリーズのアーケード版だ。銃《じゅう》を構え、迫《せま》りくる化け物と戦っている。

忙《いそが》しく揺《ゆ》れる船見の艶《あで》やかな黒髪セミロングと、春日部のブラウンのさらさらヘアー。

舞台《ぶたい》は森だ。画面が右に左にさらには上下に次々と振られ、暗い茂《しげ》み、落木の裏、頭上の木の枝から敵がどんどん現れる。二人はそれを冷静に——ノーダメージで処理していく。まるで、どこに敵が出てくるか把握《はあく》しているように——。

「うまいな」

俺が呟《つぶや》くと、十色も頷く。

「相当やりこんでる動きだよね」

やがて森を抜け、舞台は廃病院《はいびょういん》へと移っていく。画面には字幕つきの、短いエピソードムービー流れ始めた。その間、視線を感じ取られていたのだろうか——船見がちらりと後ろを振り返った。

咄嗟《とっさ》のことで、俺たちは太鼓の陰に首を引っこめることができなかった。

ばっちりと、目が合う。

船見は一瞬瞳《いっしゅんひとみ》を大きくして、それからぱちっとこちらに目配せを送ってきた。打ち合わせ通り、俺たちがゲーセンにきてくれたと思っているのだろう。

ゲームが再開し、船見は画面に目を戻す。敵に銃を撃《う》ちながら、できた僅《わず》かな隙《すき》でもう一度振《ふ》り返り、おいでおいでと手を振ってきた。

バレてしまったなら、もう隠れている意味はない。俺と十色は小さく頷き合って、ゆっくりと腰《こし》を上げた。

「十色だ！　ちらっとうちの制服が見えたと思ったら、顔を見てびっくり。本物？」

画面に銃を向けながらも、ちろちろとこちらを見ながら船見が話しかけてくる。

「やぁやぁ楓ちゃん、さっきぶりだね。もちろん本物の十色です」

「あはは。え、偶然すぎない？　二人とも、ここのゲームセンターよくくるの？」

船見は作戦通り、俺たちと遭遇《そうぐう》したのはあくまでたまたまだと装っている。

俺はちらっと春日部に視線を向けた。すると彼《かれ》の方も、ゲームをしながらこちらを窺っていた。目が合ってしまい、なんだか気まずくさり気なく目を逸《そ》らす。

「楓ちゃんうまいねー。結構やってるの？」

「うん。駿と、ゲーセンよくくるから」

とは言いつつ、話しながらのプレイだからだろうか、船見はじわじわとゾンビのダメージ受けていっている。春日部の方はというと……意外とこちらもじりじりとダメージが蓄《ちく》積《せき》していっている。奴《やつ》も俺たちのことを気にしているのだろうか。

やがて船見が野犬のゾンビに引っかかれ、ゲームオーバーとなった。『You Dead』という血の文字が、画面に下りてくる。そして、仲間を失い一人で全《すべ》ての敵を相手にすることになった春日部も、あれよあれよという間にやられていく。銃をあっちに向け、こっちに向け、忙しく動かし、必死に抵《てい》抗《こう》は試みたのだが……。終わったあとははぁはぁと息をしながら腕をだらんと垂らした。

「ごめんごめん、ゲームのお邪魔《じゃま》だったねぇ」

十色が和《なご》やかな口調で話す。

「いいのいいの」

と、笑う船見。その隣で、銃のコントローラーを筐体《きょうたい》に戻した春日部が振《ふ》り返った。

「いやぁ、すごい偶然じゃん！　まさかこんなところで会うなんてさ。十色ちゃんと彼氏さん！」

そう言いながら、春日部が一歩前に進み出てきた。俺より頭半分くらい背が高く、猿賀谷ほどとは言えないがそれなりに体格もいい。顔もまぁ整っており、男性アイドルにいそうな、正統派のイケメンといった感じだ。

そんな彼が、ちらりと俺の方にも視線を飛ばしてくる。

なぜか条件反射のようにぺこっと会釈《えしやく》をしてしまい、少し後悔《こうかい》した。

十色の彼氏に相応《ふさわ》しく思われるように、堂々と振る舞わなければ――。

「えっ、二人ってデート中？」

続けて春日部が訊《たず》ねてくる。その顔は十色の方に向いていたが、

「ああ、そうだ。たまにはゲーセンでも行ってみようかと」

俺が先にそう答える。春日部の視線を、また俺の方に引き戻した。

「そうそう。家ばっかりも飽《あ》きたからねー」

言いながら、十色が俺に寄り添《そ》うように距離を詰めてくる。

船見からのお願いの通り――そしてこれまでの一番の懸念《けねん》人物に対して、恋人ムーブを見せつけるつもりなのだろう。

俺は周囲の騒音に負けないよう、さらに声を張って訊ねた。

「そっちは？　デートか？」

ともすれば気のせいかと流してしまうほどの、ほんのわずかの間があった。

「そうそう、そんなとこ」

春日部が答える。

「ねぇ、せっかくだから一緒に遊ばない？　なんかゲームしようよ！」

船見がぱっと明るい声を上げる。ぱんと手を打ち、他の三人を見回した。

これは、より俺と十色の関係を春日部にアピールするための船見の作戦だろう。ただ、そのパスの意味を理解しているのかいないのか、

「おお、ノッた！　正市、わたしたちの実力を見せてあげよう！」

十色がノリノリで、そう返事する。

「そんじゃあなんかで勝負でもする？　でも、何がいい？　こういうのは経験で差がついちまうしなぁ」

言って、春日部がガンシューティングゲームの銃を抜いて構えてみせてくる。やはり結構やりこんでいるのか、自信があるらしい。でも俺、あんまりそっち系のゲームはやったことないんだよなぁ。

ていうか、まさかのバトル展開か？　話が自然と対戦をする方向になってるんだが。目が合っただけでバトルになるなんてなんのゲームだよ……。

十色は知っているが、春日部も結構負けず嫌《ぎら》いな性格なのかもしれない。もちろん俺《ま》もだ。従って戦の匂《にお》いがぷんぷんする。

「ちょっと店内回ってみる?」

そんな船見の提案で、俺たちは連れ立ってゲーセンの中を歩き始めた。

メダルゲームコーナー、音ゲーのエリア、UFOキャッチャーのゾーンなど、外観からの想像と違って、店内は意外と広い。

「みんなで一緒に勝負できるのがいいねぇ」と船見。

「UFOキャッチャーとかどう? あっちのお菓子《かし》、同じ景品が二台並んでるよ。わお、チョコパイじゃん! よくないよくない?」

十色は目ざとく、勝負の結果と共に実益を求めている。お菓子が食べたいんだな。

「おー、十色ちゃんやっちゃう? でもこれ、少しずつ箱を移動させて取るタイプだから、確実に数百円取られんな」

顎《あご》を指で挟みながら筐体を覗きこみ、春日部が言う。

十色がちろっと俺《おれ》の顔を見てきた。俺は代わりに口を開く。

「確かに、どれだけうまくても一〇〇円ってわけにはいかないな。手間取ると結構かかってしまうかも」

こういうの、どうしても普通《ふつう》に買った方が安いと思っちゃうんだよなぁ。好きなキャラのプライズフィギュアとかなら、いくら投資しても必ず救出するのだが。

「そっか、なるほどー。じゃあしょうがないねぇ」

「どうしても食べたいっていうなら、頑張《がんば》って取ってあげるけど」

春日部が、そう笑いながら口を挟んでくる。

「あ、あはは、スーパーで買うよ。安いし」

冷静な判断だ。春日部にとってもらいでもしたら、余計いろいろと高くつきそうだ。

「音ゲーも経験の差が出るしな……。あっちのマルオカートとか、家でやったことあるんじゃないのか？」

俺は入口右手にあるレースゲームの筐体を指さしてみる。俺もアーケード版は少し十色と遊んだことがある程度なので、公平ではあると思う。

「それもいいけど、やっぱ実力差は出ちまうじゃん？　それより、もっといいのを思いついた！」

俺の顔を見ながら、春日部が言ってきた。

「お、おおう」

初めて奴と、まともな会話ができた気がする。急だったので、思わずどもってしまった。

春日部に案内され、店の奥に移動する。そこにあったのは、卓球台《たっきゅうだい》のように中央に低いアクリルプレートの柵《さく》がある、四角い筐体。

「あー、エアホッケーか」

つい漏《も》れ出たのは、感心を孕《はら》んだ声音《こわね》だった。

「おっ、彼氏さん、もしかして極《きわ》めてたりする？」

そういえば、春日部に名前を伝えてなかったっけか。まぁ、彼氏さんでも支障はないか。

「いいや、全然。前、いつやったか思い出せないレベルだ」

横を見れば、十色もこくこく頷いている。

「楓は？　エアホッケーでいい？」

「うん！　やろやろ！」

「よし！　決まり！」

三人の了解《りょうかい》を得て、春日部はにっこりと笑う。

――なんていうか、喋ってる感じは悪い奴じゃないんだよな……。

確かにエアホッケーをそこまで極めてるって人はあまり聞かない。それに、チーム戦で全員同時に遊べ、わいわいと楽しめる類のものだ。友達の多いリア充らしい、いいアイデアだと思った。

「エアホッケーに決定だね！　十色、勝負だよ！」

言って、肩にかけていた通学用のカバンを床《ゆか》に下ろす船見。

「おうおう。このわたしに勝負を挑《いど》もうなんて無謀《むぼう》だよ。ケガしても知らないよ？」

十色はニヤリと笑って返した。え、このゲーム、ケガ人出るの……。

「とりあえずお金払《はら》っとくな」

春日部がカバンを下ろし、すっとスマートに財布《さいふ》を取り出す。

「お、おう。あとで払う」

そう俺が言うと、春日部が軽く笑って手を上げてくる。

なんというか、実際に彼と話してみると、想像していたよりもとても爽《さわ》やかな印象だ。爽やかすぎて、ちょっと寒気がするくらい。

チーム分けはもちろん、俺と十色、春日部と船見だ。

それぞれが手に白いマレットを持ったところで、春日部が小銭《こぜに》を投入する。一ＰＬＡＹ三〇〇円。

「始まるぞ！」

チュンチュンチュンと音が鳴り、筐体の上部にある電光掲示板《けいじばん》に残り時間と『０ - ０』とスコアが表示される。フィールドがエアーで覆《おお》われ、カランと一枚のプラスチックの円《えん》盤《ばん》——パットが、台の横の受け皿に落ちてきた。

「罰《ばつ》ゲームは？」

船見が腕まくりをしながら訊《き》いてくる。

「ジュース奢《おご》り」

十色が短く言って、マレットを構えた。

「先攻《せんこう》どうぞ」

春日部が不敵に口角を上げてみせてくる。

みんなノリノリすぎるだろ。え、恋人ムーブは……？

そんなことを思いつつ、俺は受け皿からパットを取って位置につく。それから少し、十色の耳元に顔を寄せた。

「おい、わかってるよな？」

俺が訊ねると、十色が俺の顔をちらと見て、こくこく頷く。

「うん。がんがんぶちこめ、でしょ？」

「何言ってんだよ！　違《ちが》うわ！　なんだよそれ」

「え、作戦名の確認《かくにん》じゃないの？」

十色さん、全然わかってなかった。

「お前、今回の目的……。このエアホッケーで、俺たちがお似合いだって春日部に見せつけるんだぞ」

「あ、そうだった、そうだったね！　了解、わかってる！」

俺に親指を立てて見せながら、台に着く十色。ほんとに大丈夫《だいじょうぶ》だろうか……。

しかしながら、これ以上話していると怪《あや》しまれてしまうかもしれない。

──やるか。俺はそう心に決め、パットをフィールドに置いた。

吹《ふ》き出すエアーにゆるゆると滑《すべ》り出すパットを、俺はマレットで優《やさ》しく押し出す。パットは相手コートではなく、ほぼ斜《なな》め横方向へ。

「ほいっ、十色、いけっ！」

俺は十色へと、パットをパスしたのだ。

「えいっ！」

そのパットを、十色が強く打ち出した。壁《かべ》に跳ね返らせる形で、相手のゴールを狙《ねら》う。対して春日部と船見は、ゴールの前でしっかりガードを固めていた。パットは春日部のマレットに弾《はじ》かれ、こちらのコートに返ってくる。

その柵をくぐって戻《もど》ってきたパットを、だんっと、マレットで上から挟《はさ》んで受け止めた。ゴール前、ギリギリのところだ。

「ナイス！　すごーい、正市！」

「まぁなー。よし、行くぞー十色！」

もう一度、緩《ゆる》い球を十色へ。十色がそれを、今度は真《ま》っ直《す》ぐに打っていく。

春日部と船見のマレットの隙間《すきま》を狙っていたが——シンプルなその打球はすぐに見破られガードされる。戻ってきたパットを、また俺が受け止めた。

「惜《お》しい！　でもいい感じだったぞ十色！」

「あー、もうちょっとだったのにー」

俺たちは、エアホッケーを仲よく楽しむカップルを演じようとしていた。エアホッケー中に恋人っぽさを見せつけるって何をすればいいかわからず、ひとまずこういう形に。ラブラブ感が出てればいいが……。

そしてもう一度、俺のパスを十色が相手コートに放ったときだった。

「甘《あま》いぜ、十色ちゃん」

十色が打ったパットは真っ直ぐに、ゴールへ向かって滑っていく。その単純な打球は、春日部に完全にコースを読まれていた。敵陣《てきじん》の後方から、春日部がパットを打ち返してくる。壁にうまくバウンドさせ、俺たちが前に出てがら空きのゴールへ——。

「くっ——」

かしゃん、と、小気味よい音と共に、パットがゴールに吸いこまれていった。

「へへん、やったー！」

嬉《うれ》しげに、ピースを突《つ》き出してくる船見。

「あっさりあっさり。隙を探す必要もねぇ」

そう言って、春日部はにやにやとした笑みを浮かべてくる。くそう、煽《あお》られている。

「ごめん、正市」

「いや、今のは油断しただけだ。……どうする？」

俺は少し間を置いて、次の方針を十色に訊ねた。

「やろう、正市。全力で！」

「おう、賛成だ！」

作戦変更《へんこう》である。やられっぱなしではいられない。そこは、俺と十色の共通認識《にんしき》だった。

俺はフィールドにパットを置き、まずは全力で打ち出す。船見のマレットに当たったパットは、二、三度壁《かべ》にぶつかりながら跳《は》ね返ってくる。その間、俺はゴール前に戻ってきて、速すぎてどこに飛んでくるか予想の追いつかないパットをなんとか反射神経でガードする。

今度は春日部たちも積極的に攻撃《こうげき》をしかけてきた。しかし、後方からこちらのゴールの隙間を狙おうとする、守備寄りの戦法である。一旦《いったん》パットをマレットで押《お》さえて止めて、じっくり狙い打ちをしてこようとするが、こちらのゴールまでの距離がある分、集中すればガードはできる。

逆にこっちも、攻撃の応酬《おうしゅう》の中でチャンスを見つけないとなんだが……。

カカン、カコン、カカンッ。

ラリーが長く続く。時間制限もあり、とにかく一点がほしい。

「いけっ！」

船見が強い球を打ってきて、十色がマレットを横に動かしなんとか防ぐ。パットは壁の間を何往復もしながらゆっくりと相手のコートに。そこで、ここぞとばかりに前に出てきた春日部がスマッシュを打ってくる。

「くっ」

必死に腕《うで》を動かし、なんとかパットにマレットを当てる。衝撃《しょうげき》でびりびりと手が痺《しび》れた。俺が横に弾いたパットを十色が相手に打ちこむが、少しタイミングが遅《おそ》く守備が整ってしまっている。

「やるじゃんか」

再び後方から攻撃をしながら、春日部が言ってくる。

「どうも」

俺はそれだけ返しながら、ちらりと奴の顔を窺う。……余裕《よゆう》そうだな。

「ねぇ、今の――」

十色が耳元で話しかけてくる。

「ああ、やろう」

その少しのセリフだけで、彼女《かのじょ》の考えていることはなんとなくわかった。これまで一緒《いっしょ》にすごす中で幾度《いくど》となく、そんな短い会話での意思疎通《そつう》をこなしてきた。

これは俺たちだからこそできる作戦会議だ。

すぐにまたパットが飛んできて、再びラリーにもつれこむ。何度かパットが往復する中、やがてチャンスが訪《おとず》れた。船見が打ち損ねたパットが、緩くこちらのコートに入ってきた。

「俺にっ、任せろっ！」

そう俺は叫《さけ》び、相手のゴールを見据《みす》えながらマレットを振る。船見の戻りが遅れてできているゴールの隙間を目がけ、真っ直ぐに刺《さ》しにいく。

コースはきっと読まれてしまうだろう。ただ俺のスピードが勝つか、春日部のガードが追いつくか。

そんな勝負だと、思わせていた。

それは一瞬《いっしゅん》の出来事だった。

俺の打球が伸《の》びていき、アクリル板の低い仕切りに到達《とうたつ》しかけたとき、目の前を一閃《いっせん》、白い影が横切る。

カンッ、と、痛快な音とともにパットの進行方向が変わった。

横から十色が手を伸ばし、俺の打球をさらに打ったのだ。

十色の打ったパットは相手のコートで壁にバウンドし、俺の打球コースを予想して移動していた春日部の、ガードの隙間に滑りこむ。カランと音がして、電光掲示板の俺たちの得点が0から1にピッと変わった。

「やった！　正市！」

十色が振り返って、片手を上げてくる。

「おう、完璧《かんぺき》だったな」

俺は力をこめて、彼女とハイタッチをした。

「あ、あのスピードで打たれた球に飛びついて、軌道《きどう》を変えるなんて……」

驚《おどろ》いたように目を大きく開いて、春日部が言う。

「へへーん、どうだ！　飛びついたというか、待っててちょっと触《さわ》ったというか。あそこにくることはわかってたからね」

そう返す十色はドヤ顔である。

「わかってた？　予想してたってこと？」

船見と春日部が首を傾《かし》げる。

「予想というか、正市が打ってくれたというか……」

十色がそう説明するも、相手二人はまだ不思議そうな顔つきだ。

実際、俺は十色が途中《とちゅう》で軌道を変えられるよう、コースを考えて打っていた。作戦を思いついたのはさっき、俺が弾いたパットを十色が相手のコートに打ちこんだとき。最初に恋人ムーブとしてやっていた俺から十色へのパスを、ラリーの応酬の中でやれれば、不意を突けると考えた。

十色が俺に声をかけてきたとき、彼女もきっと同じことを思いついているのだろうと悟《さと》った。これまでたくさんのゲームを一緒にクリアしてきて、だから俺は短く、実行しようと伝えた。あとはタイミングを見て決めるだけなのだが——これを全て説明するのは大変だ。

それを、十色が一言でまとめてくれた。

「まぁ、あれだよ。これがカップルの力ってことだね！」

いい言葉だ。無理やりだが、少しは当初の目的のカップルらしさを見せつけられただろうか。

密《ひそ》かに注視していたので、俺は春日部の目元がぴくりと動くのを見逃《みのが》さなかった。

ゲームが再開される。

そこからは一進一退の攻防《こうぼう》だった。

そもそも、実力差が出ないと言いつつ、現役《げんえき》バスケ部でレギュラーにも入っている春日部はパワーが違った。壁にバウンドした打球でも、ガードすると手にじーんと響《ひび》く。

というか、なんかさっきより力がこもってる気がするんですが……。

一方俺たちも、二人で協力しながら互角《ごかく》に渡《わた》り合っていた。もともとゲームなんかでも、二人で勝負をするよりは、最強設定のＣＰＵ相手に二人で挑む方が好きなのだ。

「十色っ！」

「ほいきたっ！」

俺が守備に回り、十色を前線での攻めに送り出《せ》す。ブロックが決まり、点数が入った。

本当に息が合っている。

タイムが残り一分となり、スコアは同点。

ここまで、主に対抗心《たいこうしん》を燃やしてきているのは春日部の方だと思っていたが――。

「これがっ――」

チャンスを窺《うかが》っていたのか。そう叫びながら、船見が大きく腕を振りかぶった。

「愛の、力っ」

マレットを勢いよく振り抜《ぬ》く。俺と十色は軌道を予測して守りを固めようとする——が、船見はスカッと、台の上で空振《からぶ》りをした。

「なっ——」

船見は台に大きく乗り出していた。それもわざとだったのだろう。空振りされたパットはすっと彼女の身体の下に吸いこまれ、その姿が見えなくなる。それを向こうのゴール際で、春日部がマレットを突き出すようにしてこちらへ強く打ち返してきた。

球の出どころ、打球角度、タイミング。全てが読めず、その速い球がゴールに突き刺さるのを俺たちは許してしまう。

「よしっ」と春日部が声を上げる。手首を曲げるようにして拳《こぶし》を出すと、船見がそれにあわせて「いぇい！」とグータッチをする。

「ふっふっふ。見た？　これが私たちの実力だよ」

そう、船見がこちらに得意げな顔を向けた。

俺は視界の隅《すみ》で、十色がむっと一瞬《いっしゅん》頬《ほお》を膨《ふく》らますのを見た。

「正市いくよ！」

ゴールに落ちたパットを取り出し、急いでフィールドに置く十色。すぐに壁を使った攻撃をしかけていく。船見が打ち返してきた球を、俺が鋭《するど》く十色にパスを出し――。

「これがっ、好きのパワー！」

十色がその俺のパスに、触《ふ》れるか触れないかの絶妙《ぜつみょう》な空振りをする。結果、これまでとは違って軌道が変わることなく、俺の打球がそのまま相手のコートへ。戸惑《とまど》い反応の遅れた相手のマレットをすり抜け、うまくゴールに飛びこんでいく。

先程《さきほど》の船見の空振り技を参考に、これまでの俺たちの策を応用した一撃《いちげき》だった。

船見が「くっ」と悔《くや》しそうに眉《まゆ》を歪《ゆが》める。

そこからは、技の応酬だった。

「これがっ、ラブのエナジー！」

「これはっ、相思相愛のなせる業！」

……同時に、いつの間にか十色VS船見のお互いの想《おも》いの強さを競《きそ》う流れになっているが……。

そして、試合終了《しゅうりょう》のブザーがなる。

最後に船見が決めたゴールで、結果は8対8の同点となったのだった。

＊

「さっきは悪かったな。熱くなってしまって。おわびにジュース代はこっちが出すよ」

ゲーセン内にある自販機《じはんき》の前で、春日部がそう俺に切り出した。

「いや、それは俺もだ。勝負は引き分けだった。俺と十色の分は俺が出す」

俺は奴の申し出を固辞し、制服のズボンの尻《しり》ポケットから財布を取り出す。こういうときは、炭酸が飲みたいな。十色はきっと、このナタデココが入ったやつなんか喜ぶだろう。

春日部がまた何か言おうとしたので、その前に俺は小銭を自販機に投入する。すると一拍《ぱく》置いて、横からどこか諦《あきら》めたような息をつく音が聞こえてきた。

エアホッケー勝負は引き分けで終わった。従って罰ゲームは執行《しっこう》されなかったのだが、疲《つか》れたのでジュースは飲もうということに相成った。そこで、『じゃあ買ってくるからみんなベンチで待っててくれよ』と率先《そっせん》して春日部が動きだし、俺が慌《あわ》ててそのあとに続いたという流れである。

だが、二人で買い出しにきたはいいものの、

「…………」

「…………」

最初にあったジュースを奢るとか奢られるとか、それ以外特に話すことがない。脳内で模索《もさく》して俺のトークネタデッキをドローしようとするも……引けない。奴──趣味《しゅみ》の合わないリア充《じゅう》の特殊効果《とくしゅこうか》で、デッキ切れを起こしてしまっている。

結局、なぜ俺が気を遣《つか》わねばならんのだと、開き直って奴が飲みものを買うのを後ろで黙《だま》って待っていた。

だからといって、決してぼーっとしていたわけではない。

「…………な……ぶん……は」

その奴のセリフが聞き取れなかったのは、ゲーセンの騒音に簡単に負けるほど低く小さな声だったからだ。

「は？」

俺がそう聞き返すと、水とジュースのペットボトルを持った春日部が振り返った。

「いったいどんな気分だ？　十色ちゃんの彼氏《かれし》っていうのは」

「えっ……」

まさかむこうから急に、十色の話題を出してくるとは。予想外の言葉に、俺は言葉を詰《つ》まらせてしまう。

「学年一──学校一の美少女と言っても過言じゃない女の子の彼氏。鼻が高いだろ？」

「いや、そんなことはないが」

「そうか？　正直羨《うらや》ましいけどね」

俺はちらりと春日部を窺う。さっきまでの和やかな表情は、彼の顔から消えていた。

ふむ、と俺は考える。

――もうこの際、ストレートに訊いてみるか……？

そもそもこの話を振ってきたのは春日部なので、問題ないだろう。それに、もともと俺は空気を読んでどうこう、というタイプでもないのだ。

「ちょっと噂《うわさ》で聞いたことあるんだが……十色のことどう思ってるんだ？」

俺はそう、本題ともいえる質問を春日部にぶつけてみた。

「そうだな。つき合えるならつき合いたい、と思ってる」

即答《そくとう》だった。

とてもあっさりとした返事だ。と同時に、そのセリフに対するこちらの反応を窺われているような気配を俺は感じた。

「じゃあ、船見は？」

「つき合えるならつき合いたい。その中の、つき合えない理由の一つだな。楓は」

船見の存在が、十色とつき合えない理由。それはつまり、船見のことを大切に思っているということではないのだろうか。

「……つき合ってはないのか？」

「ああ、楓とはつき合ってない」

あえてこちらに真意を掴《つか》ませないような話し方をされている気がする。

「船見以外とは？」

一応、確認してみた。

「いないいない。いるわけないだろ」

春日部は、こちらの質問に対して不快そうな様子もない。悩《なや》む素振《そぶ》りもなく、本心を隠《かく》すことなく喋《しゃべ》ってくれている感じがある。

ならば、これにも答えてくれるだろうか。

「十色のこと、なんで好きになったんだ？　十色は、特にこれまで関《かか》わりはないと言っていた」

「その辺りのことは、あまりキミには話したくない。こっちの内面に関する話だからな。まぁ、一つ言っておくなら、さっきも話したが、彼女は学校一の美少女だ」

目で追っているだけで自然と好きになっていた、なんて奴も多いと思うけど？　と春日部はつけ足して笑う。

「それに、もしつき合えたら、とても大切に、絶対に幸せにしてあげる自信はあるけどね」

こいつ、俺と十色がつき合っている（仮初《かりそめ》だが）と知っていながら……。

「あと、キミがどんな話を聞いてるか知らないけど一応……。ボク、決して無差別に女の子をたぶらかしたりはしてないからな。あれは噂が独り歩きしてるだけだ」

最後に真っ直ぐ俺の目を見ながらそう言って、春日部は踵《きびす》を返して女子たちのもとへ戻ろうとする。

……どうも、初めて春日部の噂を聞いたときのイメージと比べ、そこまで悪い奴ではないみたいだ。

少なくとも、事前情報よりはずっといい。俺なんて憎《にく》らしい相手のはずだが、普通に会話してくれているし、彼の発言を信じる限り、素行もそれほど悪くはないようだ。

てっきり、もっとどうしようもない奴だと思っていたのだが……。

しかしまだ、春日部の十色への想いには、わからない部分が多い。単純な「つき合いたい」の裏に何があるのか。それはどうも彼自身が隠しているようだ。

春日部の背中は、すでに結構離《はな》れたところにあった。

俺は一旦考えるのをやめ、奴に追いつこうと慌てて早足で進み始めた。

☆

「さっきはごめんね。十色にラブラブ感見せられて、思わず対抗《たいこう》しちゃった」

「やー、わたしも、ついつい熱くなっちゃったよ。てかヤバいよね、お互《たが》いの愛の力を叫びあってたよ、わたしたち」

「待って、そう言われると恥《は》ずかしすぎるんだけど」

楓ちゃんが「ひゃー」と顔を覆うのを見て、わたしは「あはは」と笑う。

ほんとにエアホッケーでは変なスイッチが入ってしまっていた。ちょっとノリもあったけど、楓ちゃんと春日部くんにわたしと正市のカップル力で負けたくないと本気で思ってた。

結果は引き分けで、結構悔しかったり。

正市と春日部くんがジュースの買い出しに行ってくれている間、わたしと楓ちゃんはゲームセンターの中の休憩《きゅうけい》スポットのベンチに座《すわ》って待っていた。

なんだか妙《みょう》にそわそわする。

思い返してみれば、楓ちゃんとこうして二人で話す機会って、実はこれまでほとんどなかった。

一緒に遊びにいったりするし、普通に話して仲もいいと思うんだけど、そのときはいつもうららちゃんとかまゆちゃんとか、周りに他の友達もいた。

「わざわざきてくれたんだよね。ありがとう」

「えっ、あ、うん！　正市から話聞いて、協力できたらって思って」

「助かるよ。これで、駿が十色からしっかりこっちを向いてくれたらいいんだけど……」

……………なんだこれ。なんだこれなんだこれ。

え、気まずいのわたしだけ？

楓ちゃんと春日部くんの関係に、なぜかわたしが点を増やして三角形にしてしまっていること。これは学校でも結構みんな知ってることだけど……。

でも、話に出しちゃうんだ、今、このタイミングで、その話しちゃうんだ。

え、この空気感耐《た》えられるのか？　わたし……。

そもそも楓ちゃんにはわたしの彼氏（仮）を呼び出して、頭を下げてお願いをした過去がある。まさに、なりふり構わずという言葉がぴったり。自分の恋《こい》のために、そこまでできる女の子なのだ。

そこは素直《すなお》にかっこいい、と思う。

――そこまで思って行動しちゃうのが、本物の恋、なのかな……。

わたしがそんなことを考えている横で、楓ちゃんはちらとスマホの待ち受けを確認し、またその画面を伏《ふ》せて膝《ひざ》に置いた。どうやらわたしの相手をしてくれるつもりのようだ。

「楓ちゃんは、よくここくるんだ」

わたしはなんとか、そう会話を続けた。

「そうだね。駿が好きだからさ、ゲーセン」

「さすが、仲いいね」

「へへへ。そう、仲いいの」

楓ちゃんは伏せていたスマホを取り上げ、画面を数度タップする。

「ほら、夏休みもほとんど一緒にいたからね」

そう言われて、わたしは横から楓ちゃんのスマホを覗《のぞ》いてみる。そこに表示されていたのはたくさんの写真が表示された、カメラロールだった。

写っているのは楓ちゃんと春日部くんのツーショット、ツーショット、ツーショット。一緒に部屋でアイスを食べながら。カフェで飲みものを片手にピースして。プールで大きな浮《う》き輪《わ》に乗って浮かびながら。

スクロールされる画面には、そんな二人のさまざまな表情が流れていく。

季節が巻き戻り、制服のブレザー姿の二人が顔を寄せ合った写真が映し出されたとき、楓ちゃんが指を止めた。

「あー。十色に仲いいアピールしてどうするんだってね」

言って、楓ちゃんは「あはは」と笑った。その笑いが落ち着くと、どこか穏《おだ》やかな表情で言葉を紡《つむ》ぐ。

「でもねぇ、こんなにたくさんの思い出を、蔑《ないがし》ろにできる人じゃないよ。駿は」

なんて答えていいかわからず、わたしは「やはは」と苦い笑《え》みで誤魔化《ごまか》してしまう。確かに、さっきの二人の様子を見ていると、春日部くんは楓ちゃんのことをしっかり大切にしていると思う。決して軽《かろ》んじたり冷たく接したりしてはいなかった。

でも、なんでこんなにいつも一緒にすごしてて、二人つき合ってないの？　……それを言っちゃあわたしも同じか。

にしても……。

そのカメラロールを見せつけられ、わたしは実は少しもやもやとしていた。

なんていうか……羨ましい、かも。

わたしたち、写真撮《と》る習慣がないからなぁ。スマホで撮ったツーショットなんて、ほとんど持っていない。

――いいなぁ。わたしも、正市と……。

「お待たせ、二人とも。はい、楓」

そんな声が耳に届き、いつの間にか俯《うつむ》き加減になっていた顔を持ち上げる。

春日部くんがこっちに戻ってきて、楓ちゃんにペットボトルの飲みものを差し出していた。少し離れて、正市の姿も。やった！　ナタデココのジュースだ！

「楓、そろそろ他行こうか。二人の邪魔《じゃま》しちゃ悪いしな」

わたしが正市からジュースを受け取っていると、春日部くんがそう楓ちゃんに声をかけた。

「そうね。行こっか……」

言って、楓ちゃんは立ち上がる。

「じゃあ、十色、真園《まその》くん。今日はありがとう。また明日、学校で」

「あ、うん」

わたしが返事をすると、軽く手をあげて春日部くんが歩きだし、その横にたたっと楓ちゃんが並んだ。

いきなりの帰る宣言になんだか取り残された気分で、わたしと正市は顔を見合わせたのだった。

＊

ゲームセンターから出た俺と十色は、暮れなずむ町を歩いて家に帰り始めた。

最初、少し探偵《たんてい》ごっこ気分の（特に十色がだが）遊び交じり感覚で突撃《とつげき》してしまったせいか、反動が大きく、終わったあとはどっと疲れに襲《おそ》われた。

まさかエアホッケーで勝負することになるとは……。

そしてその間もずっと気を張っていたせいか、精神ポイントをじりじりと削《けず》られていた。

しばしぼーっとしながら歩いていると、十色が話しかけてくる。

「ねね、春日部くんと二人で何喋ったの？」

「あー、何をと言われてもな……」

「……………」

「……………」

じとっとした視線を、横から感じる。

「な、なんだよ」

「正市くんは何年幼馴染《おさななじみ》やってんだい？　わたしが気づかないとでも？」

　十色はふふっと呼気を揺《ゆ》らし、

「何か大事なこと言われたんでしょ？　正市、ずっと何か考えこんでるし。どんなことを聞いたのかお姉さんに教えてみなさい」

「いや、生まれたのは俺《おれ》の方が四ヶ月ほど早い……」

「あーあー細かいこまかい。言ってるじゃん、すぐ追いつくって」

「いやそれ時空飛《と》び越《こ》えてんのよ……」

　言いながら、どう十色に話せばいいか俺は考えあぐねていた。

「……大事なことは言われた、と思う。ただ、具体的なことはあまり……」

　俺は歩きながら、春日部との会話の内容を十色に話した。

「なるほど。楓ちゃんのことは大切だけど、やっぱりどこかでわたしのことも……」

　全《すべ》て聞き終えた十色は、丸めた指を顎《あご》に当て少し考える仕草をみせる。

「ああ。気になってることは確かみたいだ」

　ケリをつけなければならない気持ちがあるのかも、と中曽根《なかそね》は言っていた。

「でも、その理由は曖昧《あいまい》なまま……」

そうなのだ。ヒントみたいな言葉もあったにはあったが、結局その根本的な部分については話してもらえなかった。

俺たちはしばし無言で帰路を歩む。その間、彼女が何を考えているのかはわからない。その沈黙《ちんもく》も手伝って、俺はこう口にしていた。

「十色は、春日部はどうだ？」

十色がふと足を止める。

自分はあくまで仮初の彼氏である。そんな自分に、春日部から得た情報を意図的に伏せる資格はないような気がした。

「どうも、悪い奴《やつ》ではなさそうだった。ほんとかはわからんが、噂には嘘《うそ》が多いらしいし。話しやすさもあった」

「……そっか」

「ああ、まぁ、一応の報告だ」

「……あはは。やー、タイプじゃないよ」

十色はすぐにほわっと笑みを浮かべ、また歩きだす。

しかし俺は帰路の途中、すぐに先程の自分の発言が失敗だったかもしれないと気づいた。

彼女の様子がおかしい。

会話のテンポがいつもと少しズレていたり、歩くスピードが僅《わず》かに遅かったり。

幼馴染だからこそわかるほんの少しの違和感《いわかん》を、家に着くまで俺はずっと持ち続けていた。

☆

——やばい、ダメだ、いつも通りできてない。

それに正市が気づいているのもわかる。

わたしが、なんとかしないと。

本当につき合っていないのに、そこまで求めるわけにはいかないから……。

〈8〉 思い出はエモーショナル

一週間学校を頑張《がんば》って、土曜日がやってきた。

わたし的に、いつもなら小躍《こおど》りしたくなるほど嬉しい週末なんだけど（主に夜更《よふ》かし＆寝坊《ねぼう》できるから）、なぜか今日はそこまで胸が躍《おど》らない。

昨日、正市《まさいち》と別れてからずっと、わたしはどこか心ここにあらずですごしていた。ぼんやり時間に流されるがまま、晩ご飯とかお風呂《ふろ》とか、そういった日々のルーティンを無意識でこなしていた。

土曜日は朝から買いものの予定があった。翌日に約束している秋祭り用の浴衣《ゆかた》を選ぶのを、うららちゃんに手伝ってもらった。

にしてもうららちゃん、わたしが浴衣合わせるだけで、どれもこれも『可愛《かわい》い、似合う、最高』って褒《ほ》めてくれるから、ほんと大好き。自己肯定《こうてい》感爆上がりだった。やっぱりそういう友達が一人いてくれるのは大事だと思う。おかげで浴衣選びはかなり迷ったけど、なんとか一番のお気に入りを見つけることもできた。逆にうららちゃんが私服を見ているときは、わたしが最大限の賛辞を浴びせておいた。

しかしそうしてお出かけしている間も、心はどこかふわふわ漂《ただよ》うような、そんな感覚が続いていた。

今の心境で正市の部屋に行って、変な空気になってしまっても嫌《いや》で……夕方うららちゃんとの買いものから帰ったあとも、わたしは家にいることにした。

お風呂上り。濡《ぬ》れたままの髪《かみ》をタオルで押さえながら、わたしは自分のベッドに座る。すると、ローテーブルに置いていた、今日買ってきた浴衣が目に入った。

明日はずっと楽しみにしていた秋祭りだ。

正式名称《めいしょう》を『古宮海《ふるみやかい》神社かがり火祭り』という地元の神社の小さなお祭りだけど、毎年結構盛り上がる。神社の敷地《しきち》に設置したいくつものかがり火台に、完全に陽が落ちた午後七時に一斉《いっせい》に火を灯《とも》すという行事があり、それを見に隣町《となりまち》なんかから遊びにくる人もいるのだ。

しばらく浴衣を眺《なが》めていると、ぼんやり昔の記憶《きおく》が蘇《よみがえ》ってくる。

その秋祭りにはこれまで何度も行ったことがあった。それはお母さんとだったり、真園《まその》家と来海《くるみ》家の家族ぐるみだったり、中学の頃《ころ》は友達とだったり。だけど小学五年生のとき、後にも先にも一度だけ、そのお祭りを正市と二人で回ったことがあったのだ。

正確には、最初は正市のお姉さんのせーちゃんもいたはずなんだけど、なんでいなくなっちゃったんだっけ……。とにかく、二人になったわたしたちは、思う存分そのお祭りを満喫《まんきつ》した。

たこ焼き食べて、焼きそば食べて、ソースせんべい食べて。あとなんだ、かき氷も食べたっけ。あとりんご飴《あめ》と綿菓子《わたがし》と焼きとうもろこしと……。食べてばっかりだな。ちなみに、たこ焼きとか焼きそばとかメインどころは、正市と半分こだ。

それに、言うしね、腹が減っては戦ができぬって。

そのあとは、輪投げで点数を競って、スーパーボウルすくいですくった数を勝負して、射的でどちらが大物を獲《と》れるか戦って——一番大きなクマのぬいぐるみが全然倒《たお》れなくて、共闘《きょうとう》して撃《う》ち抜いた。

そのクマのぬいぐるみは、今でもわたしのベッドの枕元《まくらもと》に置かれている。

あんなに思う存分楽しめたのは、正市と行ったあの一度だけだ。友達と行くのもいいけど、絶対どこかで気を遣っちゃうしなー。

とにかく、あのときは純粋《じゅんすい》に楽しかった。

そういえば写真があったっけ。

わたしは「よっ」と声に出して立ち上がり、一階の和室に向かう。ついこの前、引っ張り出してきて見ていたからか、アルバムは押し入れを開けた一番手前に出ていた。小学生時代の写真が入れてあるアルバムを取り出し、ぺらぺらとめくっていく。

あった。

からあげの屋台を指さし、正市の手を引っ張ってはしゃぐ浴衣姿《ゆかたすがた》のわたしに、どこか興味なさそうに反対方向を見ている正市。撮影者《さつえいしゃ》はせーちゃんのはず。屋台を回り始めたばかりとのときは、まだ近くにいたのだ。

ていうか正市、こっちの写真、アニメキャラのお面買って頭につけてるんだけど。意外とノリノリじゃん。可愛い。

え、待って、こっちのわたし、口元にソースついてるんだけど。最悪だ。この写真、正市の家にもあるのか？

しばらくアルバムを眺めたあと、わたしは最初の写真をスマホカメラで撮って、正市に送信した。

やっぱりどうしても、わたしは明日が楽しみだ。

ここ最近、仮初の関係でありながら、わたしは本物のカップルというものをしょっちゅう意識していた。

打ち合わせなしのカップルムーブをやってみたりして……本物と仮初の境目が少し曖昧になっている気もする。

ただ、その中でも、本物のカップルと明確に違《ちが》うのはどこか。

それは、こうして恋人《こいびと》のようにすごすわたしたちの関係が、本物ではないという事実だけなのではないだろうか。

至極《しごく》当たり前で、元も子もないことを言うようであるが、これが真理なのだ。

だって、本物というのは、本物の恋人同士ということだから。

恋愛《れんあい》的な意味で、好き同士。

境目が曖昧なんて言いつつ、しかし実際は全く違うものなのだろう。

幼馴染と恋人同士、はっきり言って別物だ。

そもそも、違いがないと本物になりたいなんて思わない。

猿賀谷《さるがや》くんに近づこうと頑張ってるまゆちゃん、春日部《かすかべ》くんと結ばれようと一生懸命《いっしょうけんめい》な楓《かえで》ちゃん。そんな二人の気持ちが、今はよくわかる。

……だけど同時に、今はそれを求めることが、怖《こわ》くなっていた。

ちょっとした、むこうは気に留めてもいないかもしれない一言で、一喜《いっき》一憂《いちゆう》して。それで空気を変にしちゃったりして……。

これまでは何も考えず、ただただ楽しい大好きな時間をすごしていただけなのに……。

本物を求めることに、これほど辛《つら》い一面があることを知らなかった。

こんな気持ちを味わうくらいなら、幼馴染の方がいいのかも——。

「……ダメだ。わかんない」

とにかく、明日は変な感じにしないように努めよう。せっかくの秋祭りだ。いっぱい楽しんでやるのだ。

わたしはアルバムを閉じ、ぐぐぐと大きく伸びをした。それからふぅと、深く息をつく。

……あー、正市は今頃《いまごろ》、何考えてるのかな。

正市に、会いたいな。

＊

十色《といろ》の様子がどうもおかしい。

昨日、ゲーセンからの帰り、春日部のことを話してからだ。

思い当たる節はあり、反省はしている。しかし、いまいちしっくりとはきていない。十色があれから、一度も連絡《れんらく》をよこしてこないのだ。

本日の日中、中曽根《なかそね》と遊びにいくことは聞いていた。しかし夕方帰ってきてからは、部屋に遊びにくると思っていたのだが……もう夜である。

いったい何をしているのか。まだ十色の中で、昨日のことが解決されていないのだろうか。そもそも、十色がそういった悩みを翌日まで引きずるのは珍《めずら》しい。それほど、のことだったのだろうか。

風呂上り。俺は自室の勉強机の椅子《いす》に座り、天を仰《あお》ぎながらぼんやりと考えていた。

ブブブブ、ブブブブと。

机の上でスマホが震《ふる》え、俺はがばっと背もたれから身体を起こしてその画面をチェックする。

「……なんだ」

その着信は、待っていた相手からではなかった。ただ、表示されていたのは予想もしていない人物の名前で、俺は眉を顰《ひそ》めながら応答マークをタップする。

『あんた、十色となんかあった？』

第一声から、火の玉ストレートが飛んできた。

「ど、どうしてそう思うんだ？」

俺がそう訊《き》き返すと、受話口の向こうから中曽根のため息が聞こえてきた。

『わかるに決まってんでしょ。ウチら、どんだけ一緒《いっしょ》にいると思ってんのよ』

お、おお、まさか俺がそれを言われるとは。こちとら戦闘力《せんとうりょく》一三年だぞ。……なんだこの十色とのつき合い長いマウント。

まぁ、中曽根には俺と十色が幼馴染であることは話していないので、今回は退くしかないのだが。

『今日、一緒に買いものに行ったのよ。だけどたまにぼーっとしてたりして。なんか常に考え事しながら動いてるみたいだった。あとね、笑ったとき、いつもより笑い終わるのが早かったり』

さすがというべきか、十色のことを本当によく観察している。

「でも、なんでそれに俺が関係あるんだよ」

『は？　十色がそんなふうに悩むのは、あんたのことだけじゃん』

「そ、そうなのか？」

『常識』

常識、らしい。中曽根が言うなら、なんだか説得力がある。

『楓から、ゲーセンで四人で会ったって聞いてる。それ絡《がら》みで何かあった？』

まさにその件が関係している。中曽根はその辺りの事情を全て知っているようだ。

「……そうだな。その件に、関係してる……」

『まどろっこしいな。話しなよ』

中曽根には、これまで何度か十色とのことを相談している。それでハードルが下がっていたのだろう。今抱《かか》えている悩みも、彼女《かのじょ》になら話してみてもいいかもしれないと思った。

「昨日、そのゲーセンで、春日部と二人で話す機会があったんだが——」

俺は中曽根に昨日の出来事、そして今の俺と十色の状況《じょうきょう》を、明かせる範囲《はんい》で話していった。

「その、春日部が悪い奴じゃなさそうだって報告したときから、ちょっと空気が変わって……」

自分でも整理がついておらず、俺は一つひとつ考えながら言葉を選ぶ。

その間、中曽根は黙って聞いてくれていた。かすかな呼吸音だけで、聞いてるよと伝えてくれる。

「もしかしたら、俺が春日部のことを無理に薦《すす》めようとしているように取られてしまったのかも……。全然そんなことはないんだが……」

そこで、俺は一旦《いったん》話を終えた。何か忘れていることがないか思い返してみるが……特になさそうだ。

その沈黙を少し待って、中曽根がゆっくりと話しだす。

『まぁ、そりゃ好きな人から他の男を推《お》されたら、いらっとはするでしょ』

尤《もっと》もな意見だが、それは俺たちの場合には当てはまらない。そもそも俺たちは仮初の恋人同士なのだ。

それにいらっとするというよりは、彼女はどこか愁《うれ》いを帯びた表情をしていて──。

『──でも』

中曽根が続ける。

『多分、そんなんじゃ十色は怒《おこ》らない。というか、あの子はちゃんと本質を見る子だから。もっと、深いところまで考えちゃってるはず……』

「もっと深い？」

俺が訊《たず》ねると、中曽根ははぁとため息をつく。

『ちょっとは自分で考えな。十色がかわいそうだよ。あんたのこと、あんたの気持ちのことでしょ──』

中曽根との通話が終わり、スマホを見ると、いつの間にか十色からメッセージが届いていた。

『見てこれ！　めちゃめちゃエモくない？』

どうやら画像が一枚一緒に送られてきたようで、俺は逸《はや》る気持ちに押《お》されるようにたたっと素早《すばや》く画面をタップした。

それは幼い頃、二人で秋祭りを回ったときの写真だった。

屋台にはしゃいで俺の手を引く十色に、目が釘《くぎ》づけになる。

確かに、これは、めちゃめちゃ……。

見ていると、懐《なつ》かしさが胸にきゅーっとこみ上げてくる。

脳裏《のうり》に当時の光景が蘇ってきた――。


明日、十色と一緒に行く約束をしている秋祭りに、小学生の頃も二人で行ったことがあった。正確には、姉の星里奈《せりな》同伴《どうはん》だったのだが、道中で同級生の友達を見つけてそっちに遊びにいってしまったのだ。まぁ、親からもらったお金を財布《さいふ》に入れて首からかけていたので、特に問題はなかった。今思えば、小学生にそれは不用心だよな……。

最初は嫌々《いやいや》だったっけ。ずっと家でゲームをしときたい派の俺を、十色が「行きたいきたい」攻撃《こうげき》で連れ出した流れだったと思う。しかし実際行ってみれば楽しいもので、あっという間に時間がすぎていった。

とてもいい思い出だ。

だけど俺にとって一番印象に残っているのは、屋台で遊び終えたあとのこと。夜の帳《とばり》が下りる一歩手前という時間、神社にひっついている公園にかき氷を買っていって二人で食べていたときのことだった。

十色と座っていると、むこうから同じ学年の男子四人が歩いてくるのが目に入った。すぐに俺は視線を逸《そ》らしたのだが、むこうは俺のことに気づいていたらしい。

『あれ、真園じゃね？』『ほんとだ、女子と一緒じゃん』『マジで？　誰《だれ》？』『来海じゃん、二組の』

そんなやり取りが、耳に届いた。

俺と十色は会話をやめ、俯き加減に男子たちをやりすごしていた。男子が女子と二人で遊んだりしていると、からかわれてしまうかもしれない。好きな子を友達に打ち明けるだけで一大事な、そんな年頃《としごろ》だったのだ。

結局そのときは特に直接いじられることもなく、男子たちは通りすぎていった。

耳に、祭りの喧騒《けんそう》が戻《もど》ってくる。少しして、十色が幼い声でこう口にした。

「男の子のおともだちと、一緒にきたらよかったのに」

「……べつに」

「あ、正市、いないのか。一緒に行く子」

「おい！　誘《さそ》われたよ！　けど断ったんだ」

「えー、ほんとかなー」

にしししと、子供らしい笑顔《えがお》を見せる十色。対して俺は、むすっとしていたと思う。

本当に、そのとき俺は、他の男子から祭りに誘われていたのだ。小学生の頃は、まだかろうじて友達もいた。

しかし、どうせ祭りに行くのなら、一緒に行くのは十色がいい。一番気楽だし、楽しいし、なんとなく、彼女以外と祭りを回っている自分が想像できない。

そんな思いから、男子たちの誘いを断っていた。

だけど、せっかく誘いを断って、そしてこうして祭りに出てきたのに……。

十色は別に、祭りに行ければ誰でもよかったのだろうか。

無性《むしょう》にそれが、心配になってきた。

「……十色は？　……女子とじゃなくてよかったのか？」

俺は、恐るおそる訊き返した。すると、十色が「ふふっ」と含《ふく》み笑《わら》いを浮かべる。

「わたしも誘われたよ」

「えっ、マジで？」

「うん。教室でよく、一緒にいる女の子たちに」

その頃、十色は今のようにみんなの中心でわいわいしているタイプではなかったが、決して友達のいないぼっちというわけではなかった。クラスの中で数人、学校生活の中で行動を共にするレベルの友達はいたはずだった。

「そ、そうだったのか。……でも、そっちと一緒じゃなくてよかったのか？」

先程《さきほど》十色に言われたようなセリフを、俺も彼女へぶつける。するとまた、十色が笑った。

「ふふふふっ」と、どこか嬉《うれ》しそうな笑みだった。

「正市と一緒がよかったの」

「えっ」

俺はハッとして、十色の顔を見る。

「わたし、正市と一緒にきたかったんだよ」

正市とだと、落ち着くし、話が合うし、気を遣《つか》わなくていいし、絶対楽しいし。正市と一緒だから、お祭りに行きたいって思ったの。

そう十色が話してくれる理由を聞きながら、俺は身体の緊張《きんちょう》が解けていくような感覚を覚えていた。

今でもはっきりと覚えている。彼女の本心が聞けて、俺は安心したのだった。

背もたれに身体を預け、ぼんやりと考えていた俺は、がばりと身体を起こした。

――十色も、あのときの俺と同じ気持ちなんじゃないだろうか。

俺たちは仮初の関係であり、あくまでそれに則《のっと》って行動をしてきた。それはとても正しいけれど、でも、俺の想《おも》いはどこにある?

幼い頃から、答えは出ていたのだ。

だけど、その答えを俺は、今も昔も伝えていなかった。

中曽根の言葉を思い出す。俺の気持ちって、そういうことか……。

俺は再び椅子にもたれ、天を仰いだ。

十色は今、何を考えてるんだろう。

今すぐに、十色と会いたくなった。

＊

サンダルを履いて外に出ると、隣《となり》の家の庭の門扉《もんぴ》がきぃっと音を立てたところだった。

なんとなく、そんなこともあるかもとは思っていたのだが、本当にばっちりのタイミングすぎて驚《おどろ》いてしまう。

本当に、偶然《ぐうぜん》なのだが……。

「よぉ」

俺が軽く手を上げると、十色も「よっ」と軽く返してきた。それから緩《ゆる》い笑みを浮かべる。

俺が玄関《げんかん》で止まっていると、十色が門の陰《かげ》からひょこっと顔を覗かせる。

「……えへへ、きたよ」

「……おう」

「……あー、明日の予定を話しにさ」

「なるほど。……とりあえず部屋くるか？」

俺の言葉に頷《うなず》いて、十色が庭に入ってくる。俺たちは二人で部屋まで移動した。

「……時間あるか？　ゲームやってくか？」

「大丈夫《だいじょうぶ》！　やろやろ！」

「おお。何やる？」

「正市今日何やってたの？」

「今日は……や、ゲームはスマホゲームくらいだな。朝からずっと漫画《まんが》読んでた」

俺はちらりと机の方を目で示す。

「あっ、それ前に漫画《まんが》喫茶《きっさ》で読んでたやつじゃん！」

「ああ。気になりすぎてポチッたやつが届いたんだ」

「えー、わたしも一緒に集めるのに！」

「確か一五巻まで出てるから、まだこの続きがある。十色の助けも必要だ」

「よっし、了解《りょうかい》！……ねね、ゲームじゃなくて、これ読んでいい？」

「ああ。じゃあ、俺も続き読もうかな」

そうして俺たちは、並んでベッドにもたれて漫画を読み始めた。

何か面白《おもしろ》い場面や驚いた内容があれば、十色がページをこちらに開いて報告してきてくれる。俺も同じ感想を抱《いだ》いていることがほとんどで、「だろだろ！」と共感できる。

その途中《とちゅう》、俺はちらりと十色の横顔を盗《ぬす》み見た。

日中、無機質に映っていた室内が、今はとても華《はな》やいで見える。俺の家の俺の部屋なのに、彼女がいた方がなぜかしっくりとくる。

その晩、俺たちはいつも通りの幼馴染ムーブを楽しんだ。

しかし、二人の間にわだかまるもやもやの確信には、最後まで触《ふ》れないままだった——。

〈9〉 続・本物の恋人ムーブ

『特別な日っぽい雰囲気《ふんいき》を出したいなぁ』

昨日、そう十色《といろ》が言いだして、秋祭りは神社の前で待ち合わせをすることになった。

一緒に出かけるときは、どこに行くにも家から二人で出発するので、確かに特別感はある。

しかしながら、一旦家に集まって行くのには、それなりの意味もあったわけで……。

「……こねぇ」

その日、俺は一人鳥居の前で、遅刻《ちこく》している十色を待っていた。

──やっぱり一緒に家を出るべきだったたか。せめて一声かけるくらいは……。

辺りはまだ明るいが、時刻は午後五時をすぎている。さすがに寝坊ということは……昼《ひる》寝《ね》説があるな。

いや、落ち着け、まだ約束の時間から一〇分しか経《た》っていないではないか。

普段《ふだん》の十色ならそのくらいの遅《おく》れはデフォルトだし、俺だってそれは重々承知している。

ただ、逸る気持ちが沸《わ》き立って、胸をそわそわさせるのだ。小学校の遠足前日でも全く動じない、鉄のハートの持ち主だったのに……遠足はむしろちょっと面倒《めんどう》だったけど。

とまぁそんなわけで、人混《ひとご》みに彼女の姿を捜しながら、俺は一人待機していた。

がやがやとした喧噪《けんそう》に、太鼓《たいこ》と笛の音の祭囃子《まつりばやし》が乗って流れてくる。近くにベビーカステラの屋台があって、辺りにはふんわり甘《あま》い香《かお》りが漂っていた。

境内《けいだい》へ続く道には赤と白の提灯《ちょうちん》が吊《つ》られ、風にふらふら揺れている。その下で、俺の背《せ》丈《たけ》ほどある黒塗《くろぬ》りのかがり火台が、火を灯されるのをどっしりと待ち構えている。

カラフルな浴衣姿の少女たちが、きゃいきゃいとはしゃぎながら鳥居をくぐっていった。

それを見て、なんとなく昨日送られてきた写真の中の、十色の姿を思い出す。あのときは十色も、俺と一緒の祭りではしゃいでくれていた。

……今日は、どうだろうか。

「ごめーん、待った？」

横からそんなよく知る声がかかり、いつの間にかぼーっとしていた俺は我に返り振《ふ》り向いた。

そして、思わず息を呑《の》む。

薄《うす》っすらと矢絣《やがすり》が描《えが》かれた白地に、赤や桃色《ももいろ》の梅の花が散りばめられた浴衣姿。紫式部《むらさきしきぶ》色の兵児帯《へこおび》はボリュームがあって華やかで、下駄《げた》の鼻緒も色味が合わされており白い足袋の上で映えている。

栗色《くりいろ》の髪はお団子型のツインテールにまとめられており、つまみ細工のヘアピンで彩《いろど》られている。露《あら》わになった形のいい耳には、べっ甲の丸いパーツに金色の透かしリーフのついたピアスが揺れていた。

これは……特別な日になりそうだ。

「……待った、待ったぞ、待ちくたびれた」

「やばば、『今きたとこ』で流される予定が、罪を追及《ついきゅう》されている！」

俺のところまでやってきた十色が、驚いた表情で身を退けるような仕草を見せてくる。

「『今きたとこ』と嘘をついて終わるのは漫画の世界だけだ。俺は昨日の夜から待ってたからな」

「徹夜組《てつやぐみ》⁉」

俺の言葉に、十色がからからと笑う。

ほんとに昨日から待ってたんだけどな、この時間を。

にしても、十色が遅れてきた理由はなんとなくわかった。俺がその浴衣姿にもう一度目を落とすと、それに気づいた十色が「にしし」と笑う。

「どう？　どう？」

両腕《りょううで》を開きながら、軽く身体を捻《ひね》って見せてきた。

「一〇〇点」

女の子の服装に長々感想を述べられるような語彙《ごい》は持ち合わせていない。だけど十色相手に、可愛いとか美人とか、そんな言葉をかけるのもなんだか気恥《きは》ずかしい。

しかし、その答えに不満があったようで、十色はむぅと頬《ほお》を膨《ふく》らませる。

「んー、もう一声！」

「え、ひゃ、一二〇点」

「んー……、まぁ、よろしい」

「許された！」

俺がそう言うと、十色が逃《に》げたなというふうにじとっと見ながら、肘《ひじ》でずんずん俺の腕《うで》を突《つ》いてくる。

いつの間にか、辺りがぼんやり暗くなってきており、パッパッと街灯が点灯する。それを合図にしたように俺たちは顔を見合わせ、歩きだした。

「一〇月の秋祭りだからね。暑さもちょっとずつ和らいできたし、浴衣ももうちょっと抑えめな色にしようと思ってたんだけど……。お店で可愛いの見つけちゃって、買っちゃったんだ」

「ああ……」

ただ、まだ若干《じゃっかん》、先程の会話を引きずっているような空気があって……。

「に、似合ってるぞ。ほんとに。Tシャツで隣に並ぶのが申し訳ない」

前を向きながら、俺はぼそっと本心を口にする。

ちらりと横を見ると、十色は嬉しそうに笑っていた。立ち並ぶ屋台の明るい光に照らされて、その顔が赤く染まって見える。

「いいんだよ、Tシャツくらいのラフさが。女の子だけ浴衣のカップルも多いでしょ？」

言われてみれば、確かに、男性の方だけ普通《ふつう》の格好をしているカップルは結構いる。

「正市《まさいち》はそれでいいの。わたしの方が、張り切っただけ」

彼女だからね――、と。最後、雑踏《ざっとう》に掻《か》き消されるほどの小さな声で十色が言った。

俺たちは並んで歩き、境内へ流れる人の波に足を踏《ふ》み入れた。

「ねね、正市、スーパーボールすくいあるよ！」

「おっ、勝負するか？」

十色が不敵に口角を上げてきて、俺もにやりと頷き返す。

お金を払《はら》ってポイを受け取ると、空いているスペースを見つけて二人でしゃがんだ。持っていた小さな巾着バッグを膝の上に置いて、浴衣の袖《そで》をめくると、十色はさっそく手頃《てごろ》な獲物《えもの》を見定め始める。

「取った数で勝負か？」

そう俺《おれ》が訊ねると、

「そだね。ややこしいし、大きさは無視しよう」

十色が頷き、ポイを水につけていく。

ポイの向きは、水面に斜《なな》めに。紙はなるべく水に濡らさず、枠《わく》を使って青い小さなボールを慎重《しんちょう》に持ち上げる。反対の手で水面ギリギリに構えていたお椀《わん》に、さっとボールを運んだ。

その彼女の動きを見て、俺は思わず口にしてしまう。

「おい待て、やけに仕上がってんな」

「そう？　普段からこんなんだけどね」

これが普通、みたいな言い方だが、十色さん、話しながら唇《くちびる》の先がとんがっている。嘘をついて誤魔化《ごまか》しているときの喋《しゃべ》り方《かた》だ。

「いや、スーパーボールすくいに普段はないのよ。え、年中お祭り気分なの？」

「むう、バレちゃあ仕方ない。この日のために、ってか昨日、動画とか攻略《こうりゃく》記事を見て研究していたのだよ。よっ」

話しながら、十色はひょいっと二つ目のボールをすくう。

――くっ、まさか、十色も俺と同じことを考えていたとは。

俺も十色に追いつかんとばかりに、手前のボールを狙《ねら》ってポイを下ろす。使うのはポイの裏面《めん》だ。ポイの紙は表側に貼《は》られているので、裏側にはポイの枠が出っ張っている。その枠にボールを引っかけて取るのが鉄則なのだ。

そしてこれは、先程十色もやっていたこと。検索《けんさく》してすぐに出てきたものをチェックしたので、きっと十色も同じ攻略サイトを見たはずだ。

「なっ、正市、貴様っ！」

十色がはっとした顔を俺に向けてくる。俺の所作を見て、彼女も全《すべ》てを察したのだろう。

「喋り方がバトル漫画になってるぞ」

これも幼馴染《おさななじみ》あるあるなのだろうか。なんとなく、今日スーパーボールすくいで勝負することになる予感はしていた。昨日写真を見て、幼い頃に行った秋祭りを思い出したからかもしれないが。

そして、それに備えて準備をしていたのだが……まぁ、考えることは同じということなんだろう。

　俺はひょいひょいとボールをすくっていく。十色も対抗《たいこう》するようにスピードを上げていく。

「やるな、十色」

「正市も」

「このままじゃ店潰《つぶ》れちまうぞ」

「出禁になっちゃう！」

　調子に乗ってそんな会話をしていた俺たちだったが……。

　一晩攻略法《こうりゃくほう》を眺めただけで実戦経験を積んでいない俺たちにとって、それらは図に乗りすぎた言葉だった。

「くっ、水が真ん中まで……」

「わっ、破れた！」

　ポイの扱《あつか》いが未熟ということなのだろう。すぐに紙が水に負けて破れてしまった。それでもまだ紙の残っている反対側を使って、なんとか数を稼《かせ》いでいく。

　しかし――、

「ちょ、お前波を立てるな！　わざとだろ！」

「違うもーん。ちょっと勢い余っただけだもーん」

「そんなこと言うなら、ほれ」

「きゃっ、ぼ、ボールこっちに飛ばすの禁止！」

「おっとー、手が滑《すべ》っただけだもーん」

そんな不毛なやり取りの末、三分も持たず、試合終了《しゅうりょう》。

取った中から好きなスーパーボールを五個もらえるらしく、好きなボールを選んだあとは、残りのボールを水に返すことになった。

「一八、一九、二〇――」

十色の声に合わせて、同時に一つずつボールを水に投げこんでいく。残り五個になったとき、俺は思わず十色の顔を見た。十色もちらりと俺のお椀を見て、驚いたように顔を上げる。

「二六、二七、二八、二九、三〇――終わりっ」

俺たちは同時に、最後の一つのボールを投げ終えた。

「まさか引き分けとは……」

「すごいね。実力が拮抗《きっこう》してたんだね」

お互《たが》い今日スーパーボールすくいをすると踏んで、昨晩からコツの勉強をして、そして同じ数をすくってフィニッシュ。すごい偶然だ。

「あそこで波を起こされなけりゃな……」

「あー、負け惜《お》しみだー。波なんて自然の摂理《せつり》じゃん」

「スーパーボールすくいに自然要素なかったぞ⁉」

「悔《くや》しいなら勝てばいいんだよ！　次どれで勝負する？」

十色はノリノリで、きょろきょろ辺りを見回しながら立ち上がる。俺もスーパーボールの入った小袋《こぶくろ》を持ちながらゆっくりと腰《こし》を上げた。

空は完全に暗く、屋台の明かりが眩《まぶ》しさを強めている。人の往来も、先程より増えている気がした。祭りの夜もこれからといったところか。

ここからが本番。だからまだ、待ってみよう――。

俺は密《ひそ》かにそう、自分に言い聞かせた。


射的をして、ヨーヨー釣《つ》りをして、くじ引きを引いたりもした。勝負は一勝一敗の互角《ごかく》。くじ引きでは二人揃《そろ》って残念賞を引いたのだが……あれ当たり入ってるの？

そしてその間、十色に先導されるがままに腹ごしらえもしていった。焼きそばにたこ焼きを平らげ、追加でフライドポテトとからあげを購入《こうにゅう》する。

「こういうときにさ、幼馴染っていいよね」

からあげのパックを手にした十色が、そんなことを口にする。その視線はどうも、パックの中についていたレモンに向けられているようだった。

「ああ、勝手にレモンかける奴《やつ》がいるって噂《うわさ》は、俺もネットで見たことある」

「そうそう！　からあげにレモンって合わないよね」

「ああ、合わないな。それなのに同意を得ずにかけるなんて過激派すぎるだろ」

「それ、レモン派過激すぎ！　だいたいのからあげ味つけしてあるしねー。その辺の感覚がわかり合えてるのって、やっぱし楽だよね」

言いながら、十色はからあげを頰張《ほおば》って笑《え》みを浮《う》かべる。

飲みものを買って少し歩くと、屋台の立ち並ぶ通りを抜《ぬ》け、神社の拝殿《はいでん》の前に出た。辺りは松林に囲まれており、少し薄暗《うすぐら》い。大小さまざまなかがり火台が、数台見て取れるが、まだ周囲に人は少なく、ゆっくり立ち止まることができる。

俺は十色の持つパックから、からあげを一つもらい口に放《ほう》りこんだ。代わりに持っていたポテトを軽く掲《かか》げて見せると、十色が「あん」と口を開けてくる。

俺はペットボトルのジュースを尻《しり》ポケットに入れていたが、十色はしまう場所がなく両手が塞《ふさ》がっていた。

一本ポテトを抜いて差し出すと、十色がぱくっと勢いよく飛びついてきた。

「今、指持ってかれそうだったぞ」

「ポテトとソーセージかと思った」

「おう、ほんとに狙われてたのか」

危《あや》うく病院送りになるところだった。

「冗談《じょうだん》じゃん冗談。も一本ちょうだい！」

そう笑いながら十色に言われ、俺はまたポテトをあげる。すると、それを咥《くわ》えて食べた十色が、再び「あ」と口を開いてきた。また一本食べさせる。

なんだか餌《え》づけしているみたいだ。十色の方も面白くなったのか、テンポよくリズミカルに「あ」と口を開けてくる。そのペースで食べたら一瞬《いっしゅん》でなくなるぞ……と思いながら、俺が次のポテトを差し出したときだった。

人さし指が何か固いものに挟《はさ》まれた。と思ったらすぐに、にゅっと、生暖かく湿《しめ》った感覚に包まれる。

恐《おそ》れていた事故が起きてしまった。

調子に乗って次々ポテトを食べていた十色が、ミスして俺の指を咥えたのだ。

「んっ」

十色が驚いた顔で、俺の顔を見上げてくる。指は口に入ったままだ。ワンテンポ遅れて状況を把握《はあく》したのか、彼女の顔がかぁっと赤く染まる。

指先に全身の身動きを司《つかさど》る神経が通っているのだろうか。そんなことは聞いたことがないが、なぜか俺は身体を動かせない。そしてなぜだか、指先の感覚だけが研《と》ぎ澄《す》まされていくように、彼女の口の中の柔《やわ》らかさが、ふわりとかかる吐息《といき》の温かさが、リアルに伝わってくる。

というか、十色さん、固まってないで早く口を開けてほしい……。

なんとかぴくりと、その指先を動かす。すると十色が我に返ったかのようにびくっと身体を震わせる。そしてようやくその口が開き、俺の指が解放された。

「ご、ごめん。わざとじゃないんだよ」

十色が手を合わせて謝《あやま》ってくる。

「お、おう」

それはわかっている。単なる事故だって。

だけどこういうとき、いつもの十色ならもっと別の――。

「めちゃめちゃ恥《は》ずかしかったんですが」

十色がそう口にして、照れ隠《かく》しのように笑う。

「それは俺のセリフだ」

恥ずかしいし、気まずい。妙《みょう》にどぎまぎしてしまう。

「も、元の空気に戻しましょう」

「お、おう。さっきまでなんの話してたっけか……」

「あ、あれだよ。からあげ」

「ああ……。幼馴染っていいよね、ってやつか」

十色が「それそれ」と頷いてくる。

「幼馴染って関係がやっぱしすごいよ。お互いがわかり合ってるから、楽しいと、安心と、居《い》心地《ごこち》のよさが担保されてるの。最強」

「……確かにそうだが」

俺は答えつつ、内心では「なぜそうなる」と考える。

一緒に回る屋台は楽しかった。まるで小学生の頃《ころ》に戻ったかのように、純粋《じゅんすい》にはしゃいでいた時間もあった。

一方で、十色の様子がおかしいことにも、俺はずっと気づいていた。時々何か考えるような間があったり、笑顔がいつもより弱々しいときがあったり。そんな細かな違《ちが》いもあるが、決定的にいつもと違うのは——。

今日は一度も、恋人《こいびと》ムーブをしようと言ってこない。

本日初めの浴衣姿《ゆかたすがた》お披露目《ひろめ》のとき、境内での人混みの中、屋台で買った食べものを分け合う際、これまでの十色なら、絶対何か恋人ムーブをしかけようとしてきたはずだ。さっき、俺の指を誤って食べそうになったときだって、『これは愛情を伝え合う恋人たちのムーブだよ』『カップルなら普通なんだよ』などと無理やりな言いわけをしてきてもおかしくなかった。

それどころか、今は幼馴染のよさをアピールしてきたりして……。

昨日の、ゲームセンターの帰りでのことを引っ張っているのか……？

昨日十色が送ってくれた、幼い頃の写真を思い出す。写真の中で十色は俺の手を無邪気《むじゃき》に引っ張っていた。

あの頃《ころ》は、そんなつもり一切《いっさい》なしに、自然に恋人ムーブしてたんだよな……。

いつからそれは消滅《しょうめつ》してしまったのか。

そして今日、気づいて自分でも驚いた。

いつから俺は、十色の提案する恋人ムーブを、心待ちにするようになっていたのか――。

「なぁ、十色」

軽く声をかけるつもりが、少し改まったふうになってしまった。

「なんだい？　正市」

十色は不思議そうに顔を上げ、俺の真剣《しんけん》な表情を見て目を細める。

俺は意を決し、口を動かした。

「今から、本物の恋人ムーブをしようか」

それは最近十色が言いだした、多分よりリアルな恋人ムーブを指す意図の言葉だ。今使うのに、ぴったりだと思う。

「本物の、恋人ムーブ……」

「ああ。ついでにこの前やって引き分けに終わってた恋人ムーブゲーム、あれの第三試合もやっちまおう。照れた方が負けだ」

「……いいけど、何するの？」

「いいか？　今から始めるのは――」


――本音を伝えて修復を図《はか》る、ぎくしゃくカップルのムーブだ！


勢いよく言いきって、俺は十色の反応を窺《うかが》う。

十色は初めきょとんとしていた。

「……わお。それは中々リアルだね」

言いながら、最後は薄っすら笑ってくれる。

彼女もきっと、そのぎくしゃくには気づいているはずだ。そろそろそういう話をしないと、と思っていたのかもしれない。否定の言葉はなかった。

「神社の裏に回ろう。そっちは人がいない」

「……うん」

落ち着ける場所へと、俺たちは歩き始めた。

辺りが一段と暗くなった。拝殿の横に回った俺たちは、月明かりを頼《たよ》りに建物の基礎石《きそいし》垣《がき》に並んで腰かける。周りには誰もいない。ぽんぽんひゅーひゃら、祭りの音が遠くに聞こえる。

本物の恋人ムーブをするとまで宣言したのだ。また世間話から会話の糸口を探す必要もない。俺は小さく唾《つば》を飲み、さっそく本題を切り出した。

「――あのときの言葉を撤回《てっかい》……いや、それに言い足したいことがある」

俺を見る十色の瞳《ひとみ》が、一瞬不安げに揺《ゆ》れる。

「……あのとき？」

それは船見《ふなみ》たちとやり取りをした、ゲーセンからの帰り道。

十色と、春日部《かすかべ》についての話をしていたときのこと。

「春日部はどうだ、って訊ねただろ。悪い奴ではなさそうだって」

俺が言うと、十色は静かにうなずく。

最近の十色は、本物の恋人ムーブなんて言葉を使ったりして、俺との仮初《かりそめ》の関係を「こうしたい！」というふうにどんどん進めてくれていた。それは重々、わかっていた。そこに温度差があることも、なんとなく感じていた。

対して俺は、未《いま》だ仮初という言葉に囚《とら》われていたのだ。仮初の彼氏《かれし》ならば、「こういうふうにしないといけない」で動いていた。

どうすればいいかわからなかったのだ。

自分はあくまで仮初の彼氏。それがどこまで出しゃばっていいものか。

仮初の存在である俺に、意図的に春日部のことを隠す資格はないだろう。

そんな心境から、俺は正直に春日部のことを十色に話していた。

その際の言葉は事実であれど、その中に俺の心は一つもなかった。

「確かに春日部はいい奴だったと思う。十色のことを幸せにすると言っていたし、本当にそうしてくれるかもしれない。──でもっ、俺はそれじゃあ嫌《いや》だ！」

幼い頃に行った祭りの記憶《きおく》を辿《たど》る中、思い出したのだ。そのとき俺は、彼女《かのじょ》の想いを伝えてもらった。それで、安心できた。

だけど俺は、何も彼女に伝えていない。

俺は意を決して、言葉を紡《つむ》ぐ。

「俺は仮の彼氏だけど……偽物《にせもの》だけど……。それでも、十色に別の本物の彼氏ができるのが、嫌なんだ……」

全身がかぁっと熱を持つ。声が震《ふる》えて仕方なかった。

もう春日部のことはどうでもいい。

船見からの依頼《いらい》も、今は関係ない。

これは俺の本音なのだ。

昨日、夜まで十色が部屋にこなかった。夕刻。銀色の光が差しこむ、どこかうら寂《さび》しい静かな部屋。もし十色が俺のもとを離《はな》れ、この光景がこれからずっと続いたらと想像してみて、震えた。

そしてそのあと、十色が部屋にきてくれたときの充足感《じゅうそくかん》。安心感。それをもう、手放したくない。

この想いを恋《こい》というのかは、俺にはわからない。ただ、どうしても、彼女の隣にいるのは俺がいい。

わがままかもしれないが、伝えておかなければ後悔《こうかい》する。

ただその一心だった。

十色は俺の顔を見つめたまま、じっと聞いてくれていた。

☆

まさか正市の方からその話をしてくるとは、予想もしていなかった。

わたしは驚いて、それから少し嬉しく思う。正市も、ちゃんと考えてくれてたんだ、なんて。単純だな、わたし。

ゲームセンターの帰り道、正市が春日部くんのことを話してきたとき、実は結構寂しかった。

他の人を推《お》してくるなんて。

正市は、わたしがどこかへ行ってしまってもいいのかなって。

わたしの隣にいる人が、自分じゃなくてもいいのかなって。

でもそれは、仮初の彼氏に言うことじゃないから、我慢《がまん》して。

だけどその想いは止められなくて、考えこんだりしてしまって。

「……そう」

わたしはぽつりと呟《つぶや》く。正市がこくっと喉《のど》を鳴らすのが聞こえてきた。

不安だったのだ。

自分と彼《かれ》の間に、温度差を感じてしまって。

それが、今まで体験したことがないほど怖《こわ》くて、本物になるってことはこういう気分も味わわなくちゃいけないのかって。

そんな中、昨日の夜、久しぶりに正市の部屋で漫画を読んだ。二人でその感想で盛り上がって、一緒《いっしょ》にそのページを見返したり、このキャラが好きとかどのシーンがいいとか言い合ったり。すっごく楽しくて、やっぱしこの時間がわたしは大切だって思った。

結局、わたしたちは幼馴染のままがいいんじゃないか、なんて思ったりして。今日は恋人ムーブもしないでいたんだけど……。

まさか正市の方から、『本物の恋人ムーブ』をしかけてくるとは。

……迷惑《めいわく》かけちゃったな。

心配、してくれてたんだね。

だけど、初めて彼の本当の想いを聞いて、とても嬉しかった。

安心できた。

仮初の彼氏だけど、別の本物の彼氏ができるのが嫌なんだ、って。ほとんど本物の告白みたいなものじゃないのか？　都合よく考えすぎか？　でも、離れたくないって気持ちは伝わってきた。

その、はっきりと言葉にできないくらいが、彼の心の現在地なのだろう。

わたしも少し焦《あせ》りすぎてる自覚はあるから、彼の方が遅れてるなんてことは思わない。

「そっか」

わたしはまた呟く。

「そっかそっか」

正市が心配そうな表情でこちらを見ている。

「そう、なんだが……」

「そっかそっかそっかー」

そんな彼の困り顔を見ながら、わたしは内心で悪いことを考えていた。

安心はできた。でも、そもそも心配させるようなことを言ってきたのは正市なのだ。

だから、少し仕返しをしてやりたい。

こんなことしたらダメかなとも思うけど、わたしはそれを口にしてしまう——。

＊

「ほんとに、わたしと一緒にいたいと思ってくれてるの？」

少しだけ前のめりに、俺の顔を下から覗きこむような格好で、十色がそう訊《たず》ねてきた。

「ああ、思ってる」

俺がすぐに頷いてみせると、十色はまた小さく「そっか」と呟いた。

納得《なっとく》、してくれたみたいだな。

そう思っていたのだが、しかし続けて飛んできた彼女のセリフに、俺は戸惑《とまど》ってしまうことになる。

「……じゃあ、それを証明してみせてほしいかな」

しょ、証明⁉

証明っていうと…………どうすればいいんだ。

言葉だけじゃ足りないから、何か行動で示してほしいってことなんだろうが……。

漫画なんかで見たことがある。主人公は自身の想《おも》いを伝えるために、ヒロインにキスをしていた。

いやいや、待てまて、それだといろいろ飛び越《こ》してしまうだろう。

俺たちの関係はあくまで仮初だ。

ただ、この気持ち――本当にこれからもずっと彼女といたいという想いを伝えるには、どうすればいいか。

気づけば、視線を下げて考えこみそうになってしまっていた。俺はちらりと十色を窺う。

そこにあったのは、唇をきゅっと小さく結び、瞳を少し細めて俺を見つめる、彼女の不安げな表情だった。

思わずハッとした。

俺はどれだけ彼女を心配させる。迷っている時間はなかったのだ。

座《すわ》ったまま尻を動かし、俺は隣《となり》の十色へ身を寄せる。彼女が目を丸くするのが見えた。

構わず、俺は彼女の身体を、後ろからぎゅっと抱《だ》き締《し》めた。

想像より細くて、ふわふわと柔らかい。浴衣《ゆかた》姿だからだろうか、彼女の体温と身体の感《かん》触《しょく》がとても鮮明《せんめい》に伝わってくる。同時に、髪《かみ》から甘い香りが漂《ただよ》ってきて、とてつもない多幸感に満たされる。

無意識だった。俺は彼女を求めるように、さらに強く抱き締める。

そのとき、俺の腕に、何やら固い肌触《はだざわ》りと、それを超《こ》えてふにゃんとした感触が伝わってきた。

――こ、これはまさか……胸か？

おそらく固い肌触りは浴衣越《ご》しのブラジャーだ。

やばい！

すぐに察した俺は、慌《あわ》ててその腕を離そうとする。

しかし、予想外のことが起きた。

その動かそうとした腕を、十色がぎゅっと押《お》さえてきたのだ。

身動きが取れなくなる。

どど、どうしたんだ？　まるでまだ離さないでと言われているかのような。後ろから抱き締めた角度では、その表情は読み取れない。

腕はそのまま、なるべくその感触から意識を逸《そ》らしながら、しかし精いっぱい十色の温度を感じようと、俺は彼女にひっついて優《やさ》しく抱き締めていた。

数分、数十分……？　どのくらいの時間そうしていただろう。

やがて、十色がゆっくりと身体の力を抜く。

いな。

先程《さきほど》まで与《あた》えられていたぬくもりが、思いのほか恋しい。彼女も同じ気持ちだったらい

俺も照れているのを自覚しながらそう答え、十色から視線を外してぽりぽりと頬を掻く。

「お、おお。よかった」

腕を離して振り返った十色は、頬を紅潮させながら、飛びきりの笑顔《えがお》を咲《さ》かせていた。

「あはは、よくわかったよ。正市の気持ち！」

そんなことを考え始めたときだった。

遠くで歓声《かんせい》が湧き起こり、拝殿の表の方の空がぽぉっと明るくなった。

俺と十色は顔を見合わせ立ち上がり、建物の表へと出てみる。

「わぁっ」

その光景に、十色が色めいた声を上げ、俺は静かに吐息を漏《も》らした。

境内に設置されていたいくつものかがり火台に、火が灯《とも》されている。

確かこの秋祭り、かがり火祭りとも呼ばれてたっけか。

台の大きさによって弾《はじ》けて燃え盛る炎《ほのお》もあれば、ふんわり揺らめく炎もある。その明かりに周囲が照らされて、石畳《いしだたみ》が、狛犬《こまいぬ》が、松林が、暗闇《くらやみ》にぼんやり浮かび上がり、幻想的《げんそうてき》な空間が生まれていた。

「前に一緒にきたときは、見てないよな」

俺が訊《き》くと、十色が頷《うなず》く。

「ちびっ子時代のわたしたちは、この時間までいなかったんだよ。でもねでもね、友達ときたときもさ、こっちの拝殿の方にはきたことなかった。この辺りめちゃめちゃ綺麗《きれい》！」

ここにくるまで歩いてきた、屋台が出ている方にも、かがり火台はぽつぽつと置かれていた。だが、火を見て楽しむなら絶対にこっちの方がいい。現にそれを知っている地元民が流れてきて、どんどん周りに人が増えている。

しばらくそこでかがり火を眺《なが》め、すっかり冷めていたからあげとポテトを平らげた俺たちは、屋台の方も見てみようと歩きだした。

俺の手にちょんちょんと十色の手の甲《こう》が触《ふ》れてくる。

ちらりと横を窺えば、彼女は真《ま》っ直《す》ぐ前を見たまま。しっとりとした瞳に、赤い灯《あか》りがちろちろと瞬《またた》いている。

俺が黙《だま》って触れてきた手を取ると、少しひんやりとした冷たい手が、きゅっと握《にぎ》り返してきた。

歩きながら、十色が空いている手の人さし指を立てた。

「そう！　もう一つ、言っておきたいことがあります」

「な、なんだ？」

俺はつい、ぴっと姿勢を正してしまう。十色がちろっとこちらを見て、また前を向いて口を動かす。

「あ、あのね、もっと自信を持っていいんだよ」

「……自信？」

「うん。正市だって優しいし、わたしを大事にしてくれてるし、意外と熱いところがあったりするし……他にも素敵《すてき》なところがいっぱいある。悪い奴じゃなさそうだ、なんてレベルとは比べられない」

それは、春日部を推すような俺の発言に対しての、十色の答えだった。

「わたしはね、正市がいいの。他の人じゃなくてね、正市がよくて、一緒にいるの」

――正市と一緒がよかったの。

いつかの祭りのときに聞いたそんなセリフが、幼い頃の十色の声で頭の中に蘇《よみがえ》る。

変わってないのだ、あの頃から。

関係性は変化しつつあっても、二人の間にある想いは変わっていない。

「ねね、正市、今ちょっと照れたでしょ」

「て、照れてねぇし」

「嘘《うそ》だね。顔、赤くなってるもん」

　俺の方から言い出したのに、すっかり忘れていた。照れたら負けの、恋人ムーブゲーム第三試合。

「か、かがり火だ、かがり火」

「えー、そうなのかなー。わたしの正市を想う情熱的な言葉に思わずドキッとしちゃったんじゃないのかなー」

　十色がにやにやしながら言ってくる。

　それで言うなら、十色も会話の中で照れている場面があった気もするが……改めて思い返そうとすると、自分の方が恥ずかしいセリフのオンパレードで、思わず思考をストップさせてしまう。

　やばいこれ、部屋に戻《もど》って一人になったらベッドで悶絶《もんぜつ》するやつだ……。

　俺がその恥ずかしさに、追加で照れてしまいそうになっているとき、

「あっ！」

　また十色が何か思い出したような声を上げた。

「そうそう、忘れてた」

言いながら、腕《うで》にかけていた巾着バッグからスマホを取り出す。片手でタタッと操作して、カメラアプリを開いた。

「ねね、写真撮《と》ろうよ。ツーショット。わたしたち、どっか遊びにいっても全然写真撮らないじゃん」

「知ってるだろうが、俺、写真だとうまく笑えないんだよな……。心のシャッターを切っておくってのじゃダメか？」

「ダメ。恋人ムーブゲームの罰《ばつ》ゲーム」

笑いながらの即答《そくとう》だった。

俺は仕方なく、かがり火の前で十色の隣に並ぶ。かがり火に手をかざすようなポーズを決める十色の横で、俺は何をすればいいかわからずピースをしかけた手を結局下におろした。

シャッターが切られる。一枚かと思ったら、パシャパシャと連続で撮られた。

「……どうだ？」

写真を確認《かくにん》する十色に、俺は訊ねる。すると返事の代わりにふふふっと笑い声が返ってきた。

「ちょ、やっぱり変だったか？」

「んー、いい感じ！　なんていうか、正市らしい！」

「なんだよそれ！　やっぱり変な顔してんじゃねぇのか？」

「あはは。家に帰ったら正市にも送ってあげるね！」

十色は楽しげに笑い、るんるんと軽い足取りで歩きだす。

まぁ、そこまで嬉《うれ》しそうにされたら、もう無粋《ぶすい》なことは言えないよな。

「思い出が増えたね！　これからもっと増やしていきたいなー」

そんな十色が口にする願いを一緒に叶《かな》えたいと思いながら、俺《おれ》は彼女の背中を追いかけるのだった。

〈10〉好きの話

恋を知らない女の子だった。

トクトク弾《はず》む胸の高鳴りも、些細《ささい》なことでの気持ちの浮き沈《しず》みも、思考メモリが彼のことでほとんど占領《せんりょう》される感覚も。

……え、全部ぜんぶ初めての経験だった。

最初はそう驚《おどろ》いた。全国の恋する女の子たち、毎日これを抱《かか》えて生きてるの？

ちょっとしたことで一喜一憂《いっきいちゆう》して、ウキウキしたり、しんどかったり。簡単に不安になるし、考えだしたら貴重なゲーム時間がなくなってるし……。

心の平穏《へいおん》な日々が恋しくなる。

……でも、それよりも、すごいことの方が大きかった。

ある日、朝起きると周りがキラキラして見えた。

世界は何も変わっていないはずなのに、視界の全《すべ》てが鮮《あざ》やかに色づいた。

毎日が特別で、彼との時間が新鮮《しんせん》で。

これはハマる女の子が多いわけだと冷静に分析《ぶんせき》してみたりして。

一方で、気づけば夢中になってしまっている自分もいて。

そして今回の件で、このどんどん膨《ふく》らんでしまった気持ちがもう抑《おさ》えこめられないところにきてるって、わたしは悟《さと》った。

正市《まさいち》は、わたしの隣にいるのが自分じゃなくてもいいのかなって。その温度差を感じた瞬間《しゅんかん》、胸が張り裂《さ》けそうだった。どうしようもなく耐《た》えることしかできなくて、その中でわたしは強く自覚したのだ。

ダメだ、好きだ。

これが恋かとか、本物になりたいとか、そんなことは考えつつ、それを自分の中で言葉にしたのは、それが初めてだった。

どうしても、好きなんだ。

——認めてしまえば、あとは楽しむだけだ。

終

あとがき

最近、十数年ぶりに虫取り網を握りました。

昔はそれが標準装備と言っても過言ではないくらい、生き物採集大好きっ子だった私ですが、大人になってからはめっきり自然から遠ざかっていました。

それが今回、久しぶりに網を持って池へ、ザリガニ釣りへ行ってきました。

なぜそんなことになったかと言えば、二歳の子供が外で遊びたい盛りの時期に差しかかり、また生き物も大好きなもので、ならば私も童心回帰して一緒に遊ぼうではないかと思い立ったからです。

一〇〇均で網を購入（本当はタモ網が相応しいのでしょうが、今回は簡易的な虫取り網）。棒にタコ糸を結び、先端にクリップをつけてスルメを挟めば釣り竿も完成。バケツは家にあるものを持って、車で出かけました。

結論から言うと、収穫は小さなヤマトヌマエビが一匹だけ。

昔、一日で五〇匹近く釣り上げた伝説――実績のある場所だっただけに、驚きました。

なんでこんなに釣れないの⁉ と。あと、焦りました。子供の期待に輝いていた瞳が、だんだん落胆と暑さで光を失い虚無状態になっていくのに。

池は公園の中にあったので、係のおっちゃんに話を聞けば、水質が変わったとか、ウシガエルが食べつくしたとか。

確かに水の量が増え、池自体少し綺麗になってる気がする（ここにきたのも十数年ぶり）。そして、林になっている方からウシガエルの鳴き声が聞こえてくる……。

なぜザリガニが消えたのか、正しい答えはわかりませんが、とにかく「ここも変わっちまったんだな……」と。

懐かしさと共に寂しさを感じた久しぶりの生き物採りでした。

ちなみに、目が虚無ってた子供は、ヤマトヌマエビのことをザリガニの赤ちゃんだと思いこんでいます。ナザリーと名づけられ家のリビングで暮らしていますので、気が向いたらツイッターで写真あげます。

あと、ちょっと話が変わりますが、漫画やアニメ、ラノベで変わった喋り方（語尾）をする女の子のキャラクターいますよね。

私は純粋に可愛いなーなんて眺めてただけで、深く考えたことはなかったのですが、あいうのを最初にやり始めた人って、子育ての経験者なんじゃないかと最近思いました。

「～～なの！」

「～～なのねー」

「やってみるなの！」

言葉が出始めたばかりのウチの子が、今そんな感じで喋ってて、はっ！　ああいう女の子キャラの語尾を開発した始祖の人はここから着想を得たのか！　と。

どうですかね？


ねもつき三巻、謝辞です。

塩かずのこ様、毎度まいど素敵で可愛いイラストをありがとうございます。続刊が出せる度に、また塩かずのこ様のイラストが見られるとウキウキしています。

担当S様。今作はどうなることかと思いましたが、いろいろ助けていただきありがとうございます。今度とも何卒、なにとぞよろしくお願いいたします。

また四月より、となりのヤングジャンプ様にて、ねもつきのコミカライズの連載が始まっています。西島黎先生の描く可愛い十色さんが見られますのでぜひ。アプリから簡単に読めますよ！　小説とは違った面白さと、物語が絵で進んでいく感動があり、私も毎回更新されるのを楽しみにしてます。

最後に、今作をこんな巻末までおつき合いいただきました皆様。本当にありがとうございます。もし皆様が楽しんでいただけたなら、書き上げた甲斐があります。ＳＮＳなんかで感想を呟いていただけたら嬉しいです。私も毎日チェックしてます。

ありがとうございます。

叶田　キズ

HJ文庫 https://firecross.jp/
1023

ねぇ、もういっそつき合っちゃう？3
幼馴染の美少女に頼まれて、カモフラ彼氏はじめました

2022年8月1日　初版発行

著者——叶田キズ

発行者—松下大介
発行所—株式会社ホビージャパン

〒151-0053
東京都渋谷区代々木2-15-8
電話　03(5304)7604（編集）
　　　03(5304)9112（営業）

印刷所——大日本印刷株式会社

装丁——coil／株式会社エストール

ISBN978-4-7986-2890-5　C0193

ファンレター、作品のご感想
お待ちしております

〒151-0053　東京都渋谷区代々木2-15-8
(株)ホビージャパン HJ文庫編集部 気付
叶田キズ 先生／塩かずのこ 先生

HJ文庫毎月1日発売!

悪魔に選ばれた優等生の俺は、欲望解放〈エロコメ〉に夢を見る 1

著者／叶田キズ
イラスト／たん旦

男子高校生が異能を手にしたら何をする?　エロでしょ!?

勉強とエロにしか興味がない優等生・神矢想也。ぼっちな青春を送る彼の前に突如悪魔の少女・チチーが現れる。想也に異能を与えた彼女は、その力で暴れまわることを期待するが、「俺は女子のパンツが見たい!!」と、想也はエロいことにばかり異能を使い始めてしまう!!

発行：株式会社ホビージャパン

HJ文庫毎月1日発売！

朝比奈さんの弁当食べたい 1

著者／羊思尚生
イラスト／U35

嬉しくて、苦しくて、切なくて、美しい。

感情表現の乏しい高校生、誠也は唐突に同じクラスの美少女・朝比奈亜梨沙に告白した。明らかな失敗作である弁当を理由にした告白に怒った彼女だったが、そこから不器用な二人の交流が始まる。不器用な二人の青春物語。

発行：株式会社ホビージャパン

ねぇ、もういっそつき合っちゃう? 3
幼馴染の美少女に頼まれて、
カモフラ彼氏はじめました

叶田キズ